VERGELTUNG

Titan-Serie

New York Times Bestsellerautorin

CRISTIN HARBER

AUS DEM AMERIKANISCHEN VON ANJA DELUCA

Die Originalausgabe erschien 2014 unter dem Titel »Delta Retribution« bei Cristin
Harber.

Copyright © der Originalausgabe 2014
By Cristin Harber
2308 Mt Vernon Ave, #408, Alexandria, VA 22301, USA,
operations@cristinharber.com, www.CristinHarber.de
Copyright © der deutschsprachigen August 2019 By Cristin Harber

Übersetzer: Anja DeLuca
Umschlaggestaltung: Kim Killion, Hot Damn Designs
Umschlagmotiv: Kim Killion, Hot Damn Designs
Lektorat: Stephanie Mills
Print Ausgabe
ISBN: 978-1-951085-05-6

KAPITEL EINS

TRACE REEVES HATTE sich in einer Frau verloren, von der er nur den Vornamen kannte. Mallory. Sie musste mehr zu bieten haben als nur diesen verdammt heißen Kuss und den süßen Geruch, den ihr Haar verströmte, als es auf ihn herabbaumelte. Ihre Mischung aus Wagemut und Selbstvertrauen hatten ihn trunken vor Lust gemacht. Dann klimperte sie mit diesen Augen und er hätte schwören können, dass ihre knallharte Tussi-Nummer nur Fassade für etwas viel tiefer Liegendes war. Er konnte es fühlen, jedoch nicht genau sagen, was es war. Genau genommen fühlten seine Finger so ziemlich alles. Alles an ihr – was für ein unglaublicher Körper. Sie war die perfekte Ablenkung nach einem Tag, an dem er beinahe komplett in Landstuhl festgesessen hatte. Er hatte sich ein wenig rund um das Medizinische Zentrum in der Nähe des Ramsteiner Luftwaffenstützpunktes umgehört. Verwundete Versehrte zu sehen diente ihm als stetige Erinnerung daran, dass er weiterhin die einzige Person, die wirklich zählte, enttäuschte; seinen Bluts- und Waffenbruder. Sein Zwilling, der zum Soldaten und dann zum gefallenen Kameraden geworden war. Mit pochendem Herzen kniff Trace die Augen zusammen und befahl seinem Magen, sich zu beruhigen. Es waren Wochen vergangen, aber die Zeit schien still zu stehen. Es war so viel Zorn in ihm und er konnte ihn nicht loslassen. Sein Plan für heute Abend sah vor, seinen Frust in Bier zu ertränken. So würde er die fruchtlose Befragung verwundeter und unter Schock stehender Soldaten, die nach dem Angriff auf seinen Bruder vielleicht etwas gesehen haben könnten, vergessen können. Wie auch immer. Er hatte einen Scheißdreck herausgefunden und brauchte einen Drink – und eine Frau. Und dann hatte er auf einmal beides.

Die Frau, die neben ihm lag, war eine Überraschung. Eine Amerikanerin. Vielleicht aus den Südstaaten, wie ihr leichter Akzent vermuten ließ. Sie hatte auf jeden Fall Feuer, gemessen an dem wilden Stöhnen, das er aus ihrem Mund gehört hatte. Daheim in den Staaten wäre sie wahrscheinlich nicht alt genug gewesen, um ein Bier mit ihm zu trinken. Nicht, dass das in Deutschland eine Rolle spielte. Seine Hände hatten ihren weichen Körper gestreichelt, und bei Gott, er liebte Frauen, an denen mehr dran war als nur Haut und Knochen. Mallory umschlang ein Kissen. Sie war eine großartige Mischung aus Unschuld und wildem Sexkätzchen und, mannomann, diese Kombination passte für ihn. „Das war wild." Sie klang atemlos und befriedigt. „Das war es" Sicherlich nicht die cleverste Antwort. Er hatte allerdings nicht erwartet, dass Sex mit einer Fremden sein Gehirn betäuben würde. Irgendetwas zwischen ihnen hatte einfach hingehauen. Funken und Feuer, die für atemberaubenden Sex sorgten. Fantastische Chemie. Sie hatte sich jeder einzelnen der verrückten Positionen, die er in diesem Hotelzimmer vollführte, angepasst und es fühlte sich so verdammt gut an, all die Anspannung des Tages herauszulassen. Als könne er plötzlich frei atmen, wenn er sie fickte. Je tiefer sich ihre Nägel in seine Haut eingruben, desto leichter fühlte sich sein Verstand an. Ihre Finger glitten über seinen Bizeps und zeichneten die Umrisse seiner aufwendigen Tätowierungen nach. Die Schwellung ihrer vollen Brüste neckte ihn. Das Tasten seiner Zunge über die Spitzen ihrer Brustwarzen hatten einen Stromschlag in seinen Schaft gesendet, und nun wollte er sie noch einmal. Er wollte ihren Hals schmecken und ihr Schlüsselbein liebkosen, aber am liebsten wollte er sie wieder völlig die Kontrolle verlieren sehen, während sie seinen Namen schrie. Sie zwirbelte eine Haarsträhne um ihren Finger und lächelte, während sie ihre Nase krauszog. „Sorry. Meine Haare riechen nach dieser Kneipe." „Ist mir nicht aufgefallen." Weil sie für ihn wie Zucker roch, aber das behielt er lieber für sich. Er wies mit dem Kopf zum hinteren Teil des Zimmers. „Geh duschen." „Meine Wimperntusche würde verschmieren. Das würde mich wahnsinnig machen." „Ich drehe schon mal das Wasser auf." „Du bist kein besonders guter Zuhörer." Sie lehnte sich an ihn und biss in seine Schulter.

„Doch, wenn es darauf ankommt schon."

Sie lachte nickend und rollte sich dann zurück auf ihr Kissen. „Du bist irgendwie süß."

Na, das war ja mal eine Scheiße. „Mich hat noch nie jemand als ‚süß' bezeichnet. Niemals."

„Harte Jungs können süß sein", erwiderte sie.

Was war es bloß mit diesem Mädchen? Es mussten ihre Unschuldsaugen sein, gepaart mit seinem eigenen Stress, die dafür sorgten, dass er seine Hände nicht von ihr lassen konnte. Ein kräftiger Ruck und sie landete auf seiner Brust, lachend und küssend. Seine Finger fuhren durch ihr seidiges Haar. „Du spielst mit meinem Ego, was, Kleine?"

Ein weiteres, den Raum erhellendes Lächeln spielte auf ihrem herzförmigen Gesicht. „Du scheinst nicht der Typ zu sein, der einen Ego-Boost braucht."

„Tu ich nicht."

„Also, was brauchst du, Trace?"

Das war leicht. „Dich. Unter der Dusche. Jetzt."

„Das ist sehr direkt." Lachen perlte von ihren Lippen.

„Das war dir vorher nicht klar?" Wie viel Bier hatte er heute Abend getrunken? Es gehörte nicht zu seinem Modus Operandi, dass ihm ihr Lachen und ihre Haare auffielen. Zum Teufel nochmal, irgendetwas anderem als sich selbst Aufmerksamkeit zu schenken, war völlig untypisch für ihn. Er schob sie zur Seite, rollte sich vom Bett und machte sich auf den Weg ins Bad. Ein rascher Blick in den Spiegel versicherte ihm, dass er in den letzten Stunden, die er mit ihr verbracht hatte, zweifelsfrei nicht *süß* geworden war. Aber es waren einige der besten Stunden in seiner jüngeren Geschichte gewesen. *Verdammt.*

Er stellte das Wasser in der Dusche an, wartete bis es dampfend heiß war, und schlenderte zurück zum Bett. Er konnte sich keine bessere Art vorstellen, um den Tag zu vergessen – Das Bett war zerwühlt und leer.

Sein Magen verkrampfte sich. Das kleine Zimmer was der einsamste Anblick, den er jemals gesehen hatte. Seine Brieftasche lag noch auf dem Nachttisch. Obwohl er die Antwort bereits kannte, überprüfte er den Inhalt: all sein Bargeld und die Kreditkarten waren noch da. Sie war fort und hatte nichts mitgenommen, außer vielleicht einer Scheibe seines Egos.

Trace rieb sich mit den Händen über das Gesicht und suchte nach einem Paar Shorts. Er stieg hinein und setzte sich auf die Bettkante. Nichts war jemals so, wie es schien. Das Bier und der Augenaufschlag eines hübschen Mädchens hatten ihn das kurzfristig vergessen lassen.

OH MEIN GOTT. Was hatte Marlena nur getan? Sie war auf die Augen eines gefährlich aussehenden Mannes hereingefallen? Wofür? Für total wahnsinnigen, befreienden Sex? Mmh, ja. Heilige Scheiße, sie hatte ein *One-Night-Stand* gehabt. Die Worte spielten auf Dauerschleife in ihrem Kopf, als wäre sie eine kleine, dreckige Schlampe, die die Dusche, vor der sie sich gerade gedrückt hatte, dringend nötig gehabt hätte.

Ein One-Night-Stand? Das passte so gar nicht zu ihr.

Ihr war flau im Magen und sie dachte sie müsse kotzen, und das hatte rein gar nichts mit ein paar Drinks zu viel zu tun. Brians Stimme brannte in ihren Ohren. *Niemand wird dich jemals wollen. Sie werden dich benutzen und dann fallen lassen. So wie ich.*

Und mit seiner Stimme, die sich in ihrem Kopf ständig wiederholte, war sie in die Kneipe gegangen, um wie eine Deutsche zu trinken. Das Publikum in der Kneipe waren genau genommen keine Deutschen. Es waren US-Militärs von einem nahe gelegenen Stützpunkt – dem gleichen Stützpunkt, auf den man sie gebracht und aus dem sie sich heimlich davongeschlichen hatte.

Sie fühlte sich schmutzig bei all dieser Heimlichtuerei. Sie wollten nie, dass jemand sie sah, aber sobald es darum ging sie loszuwerden, verloren sie keine Zeit. Sie bewachten und beschützten sie, bis sie mit ihr fertig waren. Danach wurde sie in die Welt entlassen, auf sich alleine gestellt, bis sie die erlaubnis erhielt, nach Hause zu fliegen.

Wenn du wirklich so schlau wärst, würden sie schon dafür sorgen, dass deine Arbeit dich nicht umbringt. Das hatte Brian gesagt. Konnte sie ihn jemals ignorieren? Nein. Aber vielleicht hatte er in dieser Situation recht. Es schien, dass das US-Militär ihren Verstand wollte, sich aber ansonsten nicht um sie scherte. Er hatte recht. Er hatte immer-

Nein. Marlena schüttelte den Kopf. Nun, Brian – der Nutznießer von Erzeuger, der des Begriffes „Vater" nicht würdig war, hatte bis zu einem gewissen Grad recht. Wenn die falschen Leute mitbekommen würden, dass sie mehr als nur eine Studentin war, dass sie nämlich einer der gefährlichsten Waffen entworfen hatte, die die USA jemals hergestellt hatte, dann würde jedes Stückchen Wissen aus ihr herausgefoltert werden, bevor sie qualvoll starb." Vielleicht hätte sie sich dumm stellen sollen, als diese Militärs sie kontaktierten, ihr ein paar Fragen stellten und ihr alles Mögliche versprachen, um sie zur Mitarbeit and einem streng geheimen Projekt zu überreden. Sie hatten ihre Schwächen ausgenutzt. Sie hatten gesagt, sie würde etwas bewirken können, würde wichtig sein. Eindruck machen.

Was für ein Witz. Sie war intelligent; sie hatten sie benutzt – benutzten sie immer noch – und sie hatte kaum etwas über die gefährliche Welt gelernt, in der sie sich, wie auf Eierschalen, bewegte.

Eine altvertraute, kalte Panik breitete sich in ihren Adern aus. Sie hatte keine Ahnung wie sie sich schützen konnte und einen dämlichen falschen Vornamen zu erfinden hatte rein gar nichts zu ihrer Sicherheit beigetragen. *Mallory? Komm schon, Marlena.* Schade, dass das leuchtende Hochgefühl nach dem Sex mit einem Fremden nicht lange angehalten hatte. Heute Nacht war es das erste Mal seit langer Zeit, dass sie sich fallen gelassen hatte. Es fühlte sich so gut an, aber Mann, es war so dämlich.

Sie zog den Schlüssel zu ihrem Hotelzimmer hervor und presste ihren Kopf schüttelnd gegen die Tür. Mar war noch nicht einmal clever genug gewesen, ihren One-Night-Stand in einem anderen Hotel zu haben. Brian würde lachen.

Hört auf damit. Sie holte tief Luft und schob ihre Schultern zurück. Sie würde so tun als ob, bis sie es tatsächlich hatte – „es", das Selbstbewusstsein. Das war ihr großer Plan, um über die lächerlichen Gedanken hinwegzukommen, die Brian in ihren Kopf gepflanzt hatte. Wenn Unsicherheit in ihren Gedanken aufkam, würde sie diese mit falschem Selbstvertrauen vertreiben.

Das war verzwickt. Ein Rückgrat vorzutäuschen könnte einem leicht als Zickigkeit ausgelegt werden. *Eine hässliche Schlampe, wie …*

Scheiß auf Brian und seine Versprechen, dass niemand sie jemals attraktiv finden würde. Sie hatte es besser gewusst. Ganz tief in ihrem Inneren wusste die junge Frau, dass sie Mar, dass sie ganz sie selbst sein konnte, wenn sie nur loslassen würde, und dass dieses Selbst eine sexy Granate war. Selbst wenn das hieß, dass sie es mit jemandem ausprobieren musste, den sie nie wiedersehen würde, war sie doch erfolgreich gewesen. Dieser große, böse, tätowierte Mann wollte sie. Der Gedanke an seinen blonden Dreitagebart auf ihren Handflächen ließ ihr einen Schauer über den Rücken laufen. Der harte Ausdruck in seinen bernsteinfarbenen Augen verwandelte sie in Wachs obwohl er verriet, dass seine Seele um Jahre älter war als sein Körper.

Mit seiner durchtrainierten, muskulösen Erscheinung spielte er nicht in ihrer Liga, und sie war einfach abgehauen, ohne ein Wort des Abschieds. Sie schwang die Tür des Hotelzimmers auf und machte gerade genug Schritte, um sich im Dunkeln auf ihr Bett fallen zu lassen. Vor ihm davonzulaufen war nicht gerade ein Beispiel für so-tun-als-ob Selbstbewusstsein. Es war ein kompletter Scheißzug, gepaart mit einer soliden Dosis Unsicherheit.

Marlena setzte sich im Bett auf und ließ beschämt den Kopf hängen. Sie würde morgen wieder zurück in den Staaten sein und all dies würde in weite Ferne rücken. Bis dahin roch ihr Haar vielleicht nach Kneipe, aber der Rest von ihr roch nach einem schroffen Kerl, der sie fast zu Tode gefickt hatte. Sie würde später duschen, vielen Dank auch.

KAPITEL ZWEI

TRACES TELEFON KLINGELTE ununterbrochen auf dem Nachttisch des Hotelzimmers. Er schlief ein und ignorierte seinen Wecker. Schließlich hämmerte es an der Tür.

Einmal. Zweimal.

Ein Tritt beförderte sie aus den Angeln und Trace griff zu der Waffe unter seinem Kissen und sprang auf, bereit, einen tödlichen Schuss abzugeben.

„Keine Bewegung, Arschloch." Zwei Männer standen neben seinem befehlshabenden Offizier.

„Was zum Teufel?" Er senkte seine Waffe. Die beiden Männer starrten ihn an. Er erkannte sie nicht. Sie musterten ihn eindringlich, taxierten ihn, ließen ihn wünschen, er hätte nicht nur in seinen Boxershorts geschlafen.

„Du hast den Check-in verpasst", sagte sein Kommandant, die Arme verschränkt.

Er hatte keine Antwort darauf, weil es ihm scheißegal war. Einige Dinge waren einfach wichtiger, und das hieß vor allem die Arschlöcher aufzuspüren, die Michael getötet hatten.

Der Typ, der so aussah als hätte er es regelmäßig mit dem Teufel persönlich zu tun, trat vor. „Trace Reeves?"

„Ja?"

„Die Antwort lautet ‚Jawohl, Sir.'"

Er legte den Kopf schief. „Ein ‚Sir' wirst du von mir nicht hören. Bringe meine Tür wieder in Ordnung, und ich überlege es mir vielleicht nochmal, dich in Grund und Boden zu prügeln."

Der Mann trat näher. „Wie bitte?"

„Reparier' die Tür, Scheißkerl."

Die Faust des Mannes traf sein Kinn viel schneller, als er es von einem Kerl, der mindestens fünfzehn Jahre älter als er war, erwartet hatte. Trace sprang auf ihn, Fäuste flogen. Jeder Schlag wurde mit gleicher Münze zurückgezahlt. Sie fielen zu Boden, zertrümmerten dabei den Tisch. Dann rangen sie miteineander und strauchelten, während sie Kopfstöße und Schläge zum Hals austeilten. Blut floss, und Zorn ließ seinen Körper gedankenlos kämpfen.

Der Mann presste ihn gegen die Wand.

Er zog eine Waffe und drückte sie an Traces' Schläfe. *Mist.* Trace hob die Hände.

„Ich sagte ergib dich." Schweiß und Blut bedeckten das Gesicht des Mannes. Er strömte reine, hundertprozentige Härte aus. „Ich gebe dir eine einzige Chance. Hör genau zu."

Trace ließ seine Hände sinken, als der Mann zurücktrat und seine Waffe ins Holster steckte. „Eine Chance wofür?"

Sein Kommandant trat vor. „Alle bedauern das mit Michael, aber es ist keine Entschuldigung. Check-ins verpassen. Ohne Vorankündigung verschwinden –"

„Ich habe meine Gründe", knurrte Trace.

„Du bist einen schlechten Tag von der unehrenhaften Entlassung und Zeit im Bau entfernt."

Trace senkte den Blick. Das war ihm bewusst. Scheiße, natürlich war es ihm bewusst. Aber es spielte keine Rolle. Nichts spielte eine Rolle.

Der dunkelhaarige Mann wischte sich die Nase ab. „Du bist ein guter Kämpfer, Junge."

„Ich weiß", sagte Trace.

„Deine Einstellung ist scheiße, Du Fotzengesicht."

„Was kümmert dich das?"

„Mein Name ist Jared Westin und ich bin deine einzige Chance." Er zeigte auf den anderen Mann. „Das ist Brock Gamble,

Delta-Teamleiter für die Titan Gruppe."

Scheiße nochmal! Das erregte seine Aufmerksamkeit. Titan war legendär. „Okay."

Trace bückte sich, griff nach einem Hemd, zog es an und stieg in ein Paar Shorts.

Brock nickte.

„Wir rekrutieren." Jared musterte ihn. „Zwölf Monate Training und Tests zeigen, dass du ein kluger Kopf bist. Zwei Jahre Kampfeinsätze bedeuten, dass du eine erfahrene Einsatzkraft bist. Aber du baust ab und niemand will etwas mit dir zu tun haben."

Trace hustete ein bitteres Lachen. „Ich habe meine Gründe."

„Die kenne ich und sie sind mir egal."

Brock trat vor. „Wenn du einen Platz in meinem Team willst, bekommst Du einen Freifahrtschein von Uncle Sam. Du gehörst Titan."

„Ich gehöre niemandem."

Jared schüttelte den Kopf. „Doch, mir. Aber du bekommst die Zeit, die du brauchst, um die Sache mit deinem Bruder zu erledigen. Du bekommst Schatteneinsätze und wenn du weg bist, bist du weg. Es ist mir egal, ob du Wüstensand durchsiebst oder hübsche Mädchen fickst. Es ist mir echt egal. Aber wenn ich sage es gibt Arbeit, arbeitest du."

Er gehörte niemandem. Noch nicht einmal der berühmt berüchtigten Titan Gruppe. „Nein."

„Okay." Jared drehte sich um und ging durch die zerstörte Tür. Brock folgte ihm und keiner von ihnen drehte sich um, als zwei Militärpolizisten eintraten.

Sein Kommandant schüttelte den Kopf. „Du bist unerlaubt abwesend, Reeves. Du bist nicht aufgetaucht. Verdammt, du hattest keine Erlaubnis zu verschwinden. Dein Arsch sollte bei deinem Team in Afghanistan sein. Nicht im gottverdammten Deutschland." Seine Muskeln spannten sich. Er könnte es mit zwei Militärpolizisten und einem Kommandanten aufnehmen. Er konnte kämpfen und sie ausschalten oder dabei draufgehen.

„Bevor du irgendwelche Dummheiten machst, es stehen noch ein Dutzend von uns vor der Tür. Überlege es dir gut, Reeves."

„Verdammt." Er rieb sich das Gesicht.

Jared Westin erschien wieder im Türrahmen. „Wenn du jetzt mit mir kommst, kommst du ohne Handschellen davon."

„Scheiße!" Trace strich sich über sein kurzgeschorenes Haar. „Verdammt noch mal."

Aber er hatte keine Wahl. Und es war die Titan Gruppe. Zum Teufel nochmal, das Delta Team war eine Legende, und er wurde dafür angeworben? Mit dem Zugeständnis, sich Zeit zu nehmen, um seine Jagd fortzusetzen, ohne dass irgendjemand Fragen stellte?

Er schaute von den MPs zu seinem Kommandanten und dann zu Jared Westin. „Okay, Titan. Ich gehöre euch."

KAPITEL DREI

Zwei Wochen später...

DER LEDERSESSEL ÄCHZTE, als Trace sich zurücklehnte. Er starrte zum anderen Ende des riesigen Konferenztisches. Überall um sie herum waren Computer- und Fernsehbildschirme. Er war das erste Mal in Titans Hauptquartier, und nachdem er mit Jared und Brock durch die Hölle gegangen war, war er nun mit einem bequemen Ledersessel einverstanden – kurzfristig.

Delta war nach Hause abberufen worden und befand sich in einer Wiederaufbauphase. Die Männer, die bereits im Team waren, hatten das mit der jüngsten Katastrophe in Somalia kommen sehen. Sie hatten vier Männer verloren, und Brock war ihr neuer Teamleiter geworden. Bei dem Gedanken, wieder in die Zivilisation zurückzukehren, schien sich jeder von ihnen in etwa so wohl zu fühlen wie Trace, auch wenn ab und an niemand etwas gegen einen bequemen Stuhl einzuwenden hatte.

Delta war ein Schattenteam. Sie waren nicht dazu da, sich in Konferenzräume zu verirren. Sie erhielten ihre Befehle, wo immer sie auch waren, erschienen, erledigten ihre Arbeit und verschwanden wieder. Sie waren der Inbegriff von „von der Bildfläche verschwunden" und verschmolzen mit ihrem eigenen Schatten, wenn der Auftrag erledigt war.

Trace fand Trost darin, mehr als in den letzten Wochen bei seinem SEAL-Team. Gott, das hatte ihn umgebracht und er hatte sich verändert. Er war zerbrochen, um ehrlich zu sein. Er sah für sich keine Rettung.

Als Delta dann eine Option für ihn wurde, dachte er, er könnte es schaffen. Keine Spuren, keine Existenz, kein Leben – nichts anderes als ein Team, mit dem er in Verbindung stand und das ihn kommentarlos mit seinen Dämonen tanzen ließ. Sie mochten das so.

Brock Gamble, Titans ehemaliger Stellvertreter, war der Teamleiter. Er verstand wie Trace tickte, leitete seine Wut in das Training um und ließ ihn unbehelligt herumstreifen, ohne Fragen zu stellen.

Brock warf einen Haufen Schlüsselringe auf den Tisch. Plötzliche Besorgnis kitzelte Traces Nerven.

„Wir sind für ein paar Wochen geerdet." Brock warf Trace einen Blick zu. „Übergangsweise, aber geht davon aus, dass es eine Weile so bleibt."

Die Besorgnis verwandelte sich in Beklemmung. „Schlüssel?"

„Einer von ihnen ist für ein Stadthaus, der andere für ein Auto."

„Übergangsweise," hatte Brock versprochen. Ein Haus und ein Auto klangen nicht wie vorübergehend. Das Verlangen zu kotzen übermannte ihn. Er war ausgetrickst worden… Er musste nach Übersee zurückkehren und an seinen eigenen Projekten arbeiten. Er hatte keine Zeit für Teambuilding und Vertrauensspiele oder was auch immer der Plan für sie war.

Jared kam herein, knackte mit den Fingerknöcheln und ließ sich auf einen Stuhl fallen. Eine Bulldogge trottete – langsam – in den Raum und ließ sich neben ihn fallen. „Ich hätte nicht gedacht, dass ich euch Jungs mal an einem Konferenztisch sitzen sehen würde."

Sag bloß?

Aber niemand sagte ein Wort. Brock beugte sich vor und fuhr sich mit der Hand über das Kinn, blieb aber stumm.

Jared fuhr fort: „Wie ihr vielleicht gehört habt, gibt es GSI seit ein paar Monaten nicht mehr und wir haben uns ihre Verträge gesichert."

GSI war ein Konkurrent von Titan in der Welt der Geheimoperationen und der privaten Sicherheit. Jared warf Brock einen kurzen Blick zu, aber keiner der Männer verzog eine Miene. Es war bemerkenswert, wenn auch aus keinem anderen Grund, als dass es eine interessante Dynamik zwischen den beiden zu schaffen schien.

„Ihr seid immer noch unser Schatteneinsatzteam. Aber Delta muss dort einspringen, wo das Hauptteam Engpässe hat. Standardjobs außerhalb der USA. Wenn irgendwer damit nicht klarkommt, verstehe ich das." Jared sah ihn direkt an.

Teufel. Alle Augen im Raum wanderten zu Trace. *Super, ihr Arschlöcher.* Trace tat so als bemerkte er es nicht.

Brock räusperte sich und alle Blicke richteten sich wieder nach vorne. „Alle einverstanden?"

Niemand sagte ein Wort, und das war die richtige Antwort.

Jared nickte. „Wenn ihr aus euren Verträgen aussteigen wollt, ist das in Ordnung. Ich ändere die Grundregeln, auch wenn es nur vorübergehend ist." Er stand auf, und seine Bulldogge tat es ihm nach und schritt die gesamte Länge des Raumes ab. „Wenn ihr weiter untertauchen wollt, geht in den Untergrund und nehmt eine Auszeit. Nehmt Urlaub bis Delta wieder für die dunkelsten, dreckigsten Missionen dieser Welt zur Verfügung steht." Trace spürte, wie die Augenpaare wieder in seine Richtung wanderten. Jared räusperte sich. „Aber bis ich noch ein paar mehr Leute im Hauptteam habe, brauche ich euch."

Brock nickte. Delta nickte, einer nach dem anderen. Ryder. Luke. Javier. Colin. Alle außer Trace. Er hatte nicht genickt, aber das schien niemanden zu überraschen.

„Trace?" Jared verschränkte die Arme.

Vielleicht brauchte er wirklich eine Auszeit – aber welcher Typ in seinen Zwanzigern tat das? Ein Typ, der den Verstand verlor. Der Schlüsselring der Verdammnis würde sein Tod sein. Ein Auto und ein Haus? Der Gedanke machte ihn kribbelig. Er konnte sich nicht mit der Eintönigkeit des zivilen Lebens abfinden. Jetzt mal ehrlich, was sollte er tun? Sich einen Lieblingsmunitionsladen suchen, eine

Kaffeemaschine kaufen und fernsehen, bis Brock anrief und ihm sagte er solle sich seine Reisetasche schnappen?

Das Team kaltzustellen war das Todesurteil. Delta fing gerade an, sich wie der einzige Weg anzufühlen, um Michaels Tod und das Zerwürfnis mit seinen SEAL Brüdern zu überleben.

Einmal ein SEAL, immer ein SEAL? Fühlte sich nicht so an.

Wenn Jared ihn sofort arbeiten ließe, damit er gar nicht erst Zeit zum Nachdenken hätte, vielleicht könnte Trace dann ein Leben mit einer Leine um den Hals ertragen. Er biss sich auf die Lippe. Solange er beschäftigt war, würde er Delta nicht verlassen. Es ging nicht. So funktionierte er im Moment.

Trace straffte seine Schultern. „Wenn das Team dabei ist, bin ich es auch."

„Erster Auftrag, Rettung einer hochrangigen Zielperson." Jared öffnete einen Ordner und verteilte Informationsbündel. „Die Zielperson ist Marlena McCloud. Entführt von einem südamerikanischen Waffenhändler, dessen offizielles Geschäft sich um Zuckerproduktion dreht. Sein Name ist Marco Romatar. Laut Geheimdienst hält er sie auf seinem Gelände im Norden Südamerikas in Venezuela fest, irgendwo in der Region Guyana."

Trace ging die Papiere durch. Er konzentrierte sich mehr auf die strategischen Details als auf das Mädchen selbst. Wie schwer konnte es sein, ein Mädel ausfindig zu machen, das durch den Dschungel spazierte? Wenn er sich auf eine einfache Extrahierung der Zielperson konzentrieren würde, könnte er vielleicht tief durchatmen.

„Guyana? Wie bei Jim Jones und den Selbstmorden von Jonestown?", fragte Brock.

Jared nickte. „Romatar hat dort unten mehrere Zuckerproduzenten. Satellitenbilder und Aufzeichnungen eines britischen Einsatzteams zeigen sie weiter hinten im Dschungel. Ein abgelegenes, anständig ausgestattetes Haus an einem sumpfigen Fluss. Bewaffnete Wachen patrouillieren Wasser und Land. Fragen?"

Javier nickte. „Die britischen Einsatzkräfte haben nicht

extrahiert?"

„Es ist eine hochrangige Zielperson für uns. Sie wussten nicht warum. Ich weiß es auch nicht und ich habe auch nicht gefragt. Sie haben eine Amerikanerin gesehen und haben den Bericht in einer freundlichen „zur Info" – Art und Weise weitergeleitet. Sie ist für irgendjemanden wichtig. Die Zielperson hat eine hohe Priorität, weitere Details wurden nicht übermittelt." Jared wandte sich dem Bildschirm zu und griff zur Fernbedienung. Er drückte die Play-Taste, kehrte zu seinem Stuhl zurück und sein Hund floppte zu Boden, während der Bildschirm aufleuchtete und ein Überwachungsvideo zum Leben erweckte.

Auf der körnigen Parkplatzaufnahme war eine Frau mit hohen Absätzen zu sehen, die sich an einer Reihe von Autos entlang bewegte. Ein Lieferwagen raste heran. Zwei Männer packten sie. Der Lieferwagen gab Gas. Die gesamte Szene dauerte weniger als zehn Sekunden.

Jared pausierte die Aufnahme. „Das zeigt eine gesicherte CIA-Einsatzstelle außerhalb von Washington, DC. Untergrund, Sicherheitsausweis, alle Schikanen. Der Lieferwagen wurde von der diensthabenden Wache ohne Probleme hinausgelassen, und seitdem hat niemand mehr etwas von der Zielperson gehört. Aber sie passte zur Beschreibung des britischen Teams. Wir sind zwar nicht zu hundert Prozent sicher, aber wir müssen mit dem arbeiten, was wir haben. Brock, gibt es noch etwas hinzuzufügen?"

„Wir wollen loslegen. Es wird eine komplizierte Befreiungsaktion sein, aber gemäß unserer Planung ist es machbar, wenn wir lokale Ressourcen nutzen und den Fluss hinuntertreiben." Er beugte sich vor und schlug auf den Tisch. „Wir sind auf dem Sprung. Bereitet euch vor, in drei Stunden geht es los."

Trace atmete erleichtert auf. Drei Stunden konnte er schaffen. Der einzige Nachteil war, dass er nicht in der Wüste war und nach dem einzigen suchte, was ihm Frieden geben könnte.

KAPITEL VIER

MARLENA ERWACHTE IN dem schmuddeligen Bett und richtete sich auf. Nach Tagen des Aufwachens in diesem Komplex schwand ihre Überzeugung, dass sie bald hier herauskäme. Auf der Arbeit würde sie niemand vermissen, und sie schwänzte regelmäßig den Unterricht, um mit ihrem Arbeitspensum Schritt zu halten, so dass keiner ihrer Kommilitonen über ihre Abwesenheit verwundert wäre.

Mister Romatar war der Boss. So viel wusste sie. Er war der Grund, warum sie hingebracht worden war, wo immer sie auch waren. Es war heiß und schwül. Der Flug hatte Stunden gedauert und niemand sprach Englisch, außer wenn sie wollten, dass sie arbeitete. Dann hatte das Englisch einen starken Akzent und eine ernste Absicht. Sie nannten sie alle „the kid", und es trieb sie in den Wahnsinn, aber sie wussten, woran sie arbeitete. Sie hatten vertrauliche Informationen. Sie hatte von Anfang an geahnt, dass sie dieser dämliche Job für die Regierung, denn sie angenommen hatte, irgendwann umbringen würde.

Soviel also zu all den Sicherheitsüberprüfungen die sie über sich ergehen lassen musste und der Versicherung, dass alle, die auch nur einen Bruchteil von dem was sie tat, wussten, ebenfalls überprüft worden waren. *Sie sind sicherer wenn Sie hier bei uns arbeiten, als im Chemielabor.* Aah. Lügner.

Herr Romatar hatte bewaffnete Wachen, aber Marlena traf sich meistens mit hoch intelligenten Mitarbeitern, die viele Fragen stellten und sich jede Menge Notizen machten. Konnte man ihr

Projekt reproduzieren? Würden sie eventuelle Widersprüche (in Ihrer Arbeit) überwinden können? Ein Teil von ihr war sauer, dass ihre Zeitgenossen diese Abkürzung nahmen und ihre Waffen auf der Grundlage ihres Wissens bauten und der andere Teil war froh, dass sie ihre Aussagen nicht in Frage stellten.

Sie hatte ihnen gerade genug erzählt. Wenn sie ihre Beschreibungen und Pläne testeten, würde alles funktionieren. Wenn sie versuchten verschieden Teile zusammenzufügen, würden sie zusammenpassen. Sie hatte ihnen allerdings die Schlüsselfunktion ihres Planes verschwiegen, den Teil, der sie mehrere Semester Tüftelei gekostet hatte. Auf dem Papier sah alles so aus, wie es sein sollte. Sie konnte schwören, dass sie alles verraten hatte und wenn es nicht funktionierte, hätte sie sowohl diejenigen, denen der Angriff galt, als auch ihr eigenes Leben geschützt, indem sie weiterhin von Nutzen war.

Es klopfte an ihrer Tür, dann schwang sie auf. Dort stand derselbe Mann, wie jeden Morgen, mit einem Becher Milch und einem Frühstücksriegel in der Hand. „Fertig?"

„Ich denke schon." Sie lächelte, weil sie nichts anderes zu tun wusste. Brian hätte sie ausgelacht. Sie schwach genannt. Er hätte gedacht, dass sie dazu in der Lage hätte sein sollen, sie zu überlisten. Aber Männer mit Waffen an die Wand zu reden war nicht gerade ihre Stärke. Die Wahrheit war dass sie, hätte sie sich nicht von der Idee eine Patriotin zu sein, ködern lassen, nie im Leben darüber nachgedacht hätte, wie Biotechnik zum Schutz ihres Landes eingesetzt werden könnte.

Und nun seht sie euch an.

Marlena rieb sich die Schläfen.

„Miss McCloud?"

Ihr Magen zog sich zusammen. Sie hatte eigentlich vorgehabt, ihren Namen zu ändern, nichts mehr mit ihrem Vater zu tun zu haben, aber es hätte den ganzen Papierkram für ihre Fördergelder und Stipendien durcheinandergebracht. Marlena schüttelte den

Kopf und stand auf, das Frühstücksangebot mit einem verbalen Dankeschön und einem geistigen Mittelfinger annehmend.

DIE RETTUNGSAKTION FÜR die hochrangige Zielperson war im Gange. Trace bewegte sich unter dem trüben Dschungelwasser. Sein Ziel war es, das Boot zu finden, das ihnen eine unauffällige Ankunft bieten würde. Er würde Romatars Männer nach unten ziehen, nachdem Ryder sie mit seinem Scharfschützengewehr ausgeschaltet hatte.

Trace sichtete das klapprige Dschungelboot etwa ein Dutzend Meter vor sich. Timing war alles und das Delta Team war punktgenau. An Land, vielleicht auf einem Baum ausharrend, wartete Ryder.

In seinem Ohr zählte Brock ihre Aktionen herunter, während das Boot mit der trägen Strömung dahintrieb. „Trace: drei, zwei, eins."

Mit dem „Go" im Kopfhörer hob Trace seine Hände aus dem Wasser und fing seinen Feind auf, der dank Ryders Schuss bereits tot war. Er zog den Mann unter die Wasseroberfläche, ließ die Leiche innerhalb von zwei Sekunden verschwinden, ohne auch nur einen Spritzer zu verursachen, und tauchte dann leise für den zweiten Treffer wieder auf, als das Sumpfboot vorbei glitt.

Seine Hände schossen lautlos in die Höhe, den Bruchteil einer Sekunde nachdem Ryder sein Ziel über der Wasseroberfläche getroffen hatte. Mit den Augen kaum oberhalb der Wasseroberfläche packte er den Toten, tauchte dessen Körper unter und zog sich dann selbst über den Rand des Bootes.

„Frei", sagte Ryder.

„Vorwärts …" Brocks Strategie verlief reibungslos. Sie würden die beiden auf dem Boot ausschalten, deren Platz einnehmen, das Dschungelgelände infiltrieren und ihre Zielperson retten. „Jetzt."

Einen kurzen Atemzug später hielten die Männer an und

blieben in Deckung. Trace postierte sich im Bug und übernahm die Rolle des ersten Mannes, den sie ausgeschaltet hatten. Luke nahm seinen Platz im Heck ein und steuerte das Boot zum Dock. Colin und Javier blieben am Boden und außer Sichtweite. Das Boot trieb, legte an und sie bewegten sich auf die äußere Seite des Hauses zu, umgeben von Fluss und Dschungel. Ihre Vierergruppe trennte sich und nahm die ihnen zugewiesenen Positionen ein.

„Drei Feinde im Blick", flüsterte Trace.

Luke, Colin und Javier gaben ihre Zählung durch. Insgesamt konnten sie fünf bewaffnete Wachen außerhalb des Hauses erkennen und niemand weiteren durch die Fenster ausmachen. Sie würden blind hineingehen müssen; wenn das mal kein extra Kick war. Adrenalin fachte Traces' Bereitschaft an und ließ seine Fingerspitzen pulsieren.

„Scharfschütze: Jetzt." Brocks Stimme blieb in ihren Ohren. „Ich wiederhole: Scharfschütze, wir haben Freigabe."

Ryder schaltete Feinde aus, nachdem Roman, ein Späher von Titans Hauptteam, ihre Positionen durchgegeben hatte.

„Vorstoßen, Team, auf geht's." rief Brock in seinem Kopfhörer.

Trace schlüpfte durch die Hintertür. Luke kletterte durch ein Fenster. Colin und Javier taten es ihm an der Seite des hauses nach.

Trace drückte sich gegen die Wand, erfasste den Raum mit einem Blick, überwältigte den Feind direkt vor sich und stieg die Treppe hinauf. Er wusste, dass seine Jungs ihn decken würden, wenn er mit der Zielperson zurückkam.

Er suchte ein paar Zimmer ab. Nicht gerade das, was er erwartet hatte. Sie waren wie wissenschaftliche Labore ausgestattet. Was für eine Art Zielperson war diese Frau? Er ging davon aus, dass sie eine Mitarbeiterin des Geheimdienstes war, da die Angaben zu der Frau sehr allgemein gehalten waren. Nach dem was er hier sah, könnte sie vielleicht eine Wissenschaftlerin sein? Eine Lehrerin …

Trace kämmte ein Zimmer durch, dann das nächste. Leer.

„Hier ist nichts", grummelte er.

Die Teammitglieder im Haus berichteten dasselbe.

Romans Stimme knisterte in seinem Kopfhörer. Dann Rauschen.

„Wiederholen", befahl Brock.

Wieder ein Knistern, dann, deutlicher diesmal, hörte man Roman. „Etwas bewegt sich. Einhundert Meter entfernt, Tunnelausgang. Sie haben die Zielperson."

Mist. Trace rannte die Treppe hinunter. Colin und Luke waren hinter ihm, Javier sicherte die Flanke. Roman gab Anweisungen, während das Team vorwärtsstürmte. Sie hatten keine anderen Anweisungen als diese. Das dichte Unterholz wurde zunehmend unpassierbarer. Blätter schlugen ihm ins Gesicht als Trace, Romans Anweisungen folgend, durch den Dschungel rannte.

Brock brüllte, „Ihr habt Schussfreigabe bei freier Schussbahn."

„Wir fliegen hier blind." Lukes Stimme klang in seinem Kopfhörer.

„Gib mir eine Sekunde", flüsterte Ryder. Zwei Schüsse fielen. „Das Mädchen ist allein. Trace, zu deiner Linken, sechs Meter."

Und Trace war sofort dort und suchte nach einer schreienden Frau oder nach sonst irgendeinem Lebenszeichen. Er sprang über einen umgestürzten Baum und kämpfte sich durch einen Dornbusch.

Dort. Er erblickte die Schulter einer Frau, die fast ganz hinter dem Baum verborgen war. Die Zielperson. Er machte einen großen Bogen und versuchte, sie nicht zu erschrecken. Sie blickte in die entgegengesetzte Richtung als er sich näherte; ihr Kopf wandte sich, als erwarte sie einen Angriff. Ihr Haar war zu einem Pferdeschwanz zurückgebunden, und dank Ryders Einsatz stand sie neben zwei Toten. Sie hielt offenbar eine der automatischen Waffen ihres Entführers in der Hand. Sie hob sie an, bereit abzufeuern.

„Hinter dir", sagte er ruhig. Das Letzte, was er gebrauchen konnte war, dass sie jemanden mit einem versehentlichen Schuss außer Gefecht setzte.

Sie schwankte, der lange Lauf der automatischen Waffe war auf sein Gesicht gerichtet. Ihr Finger war am Abzug. „Hau ab. Laß mich in Ruhe."

Er hob die Hände. „Ich bin einer von den Guten."

„Beweise es."

Es war fast pechschwarz, und die Baumkronen über ihnen ließen nicht allzu viel Mondlicht hindurch. Aber selbst unter diesen Umständen konnte er erkennen, dass sie eher wütend als ängstlich war. Und da war etwas Vertrautes in ihrer Stimme. Vielleicht sogar in ihrem Verhalten.

Er versuchte es noch einmal. „Wir sind dein Rettungsteam. Nimm die Waffe runter, wir bringen dich nach Hause."

Sie ließ den Lauf im Dunkeln ein paar Zentimeter sinken. „Überzeuge mich, dass du in Ordnung bist, oder verschwinde." Sie richtete die Waffe auf ihn. „Oder ich erschieße dich. Du hast die Wahl."

Seine Augen verengten sich und Verärgerung nagte an seiner ohnehin schon angeschlagenen Laune. Er hatte keine Zeit für sowas.

Brock gab Befehle in seinem Ohr. „Ergreift die Zielperson unter allen Umständen lebend. Bestätigen."

Klar, ihr Teamleiter hatte ja auch kein Hochleistungsgewehr auf sein Gesicht gerichtet. „Gib mir eine Minute, Boss."

„Die Zeit läuft."

Toll. Er lenkte seine Aufmerksamkeit wieder auf die Zielperson. „Ganz langsam, Mädel. Ich bin Amerikaner. Wir bringen dich zurück in die Staaten." Er ließ seine Waffe langsam sinken und über der Brust hängen. „Siehst du, eine Geste des Vertrauens. Du bist nun die Einzige die eine Waffe auf jemanden richtet. Ich will heute wirklich nicht angeschossen werden. Tut weh wie Sau."

Obwohl ein Schuss aus ihrer Waffe ihn garantiert töten würde.

Sie lachte und das weckte eine Erinnerung. Was zum Teufel war hier los?

„Das beweist gar nichts." Sie bewegte den Lauf des Gewehrs ein wenig weg von seinem Brustkorb, allerdings nicht sehr weit. „Halte Abstand von mir."

„Sonst? Du wirst mich noch umbringen." Er trat einen Schritt vor. „Ich bin Teil eines siebenköpfigen Schattenteams, das dich umzingelt hat. Wenn ich falle, wird einer von denen dich erwischen, und sie werden nicht besonders nett dabei vorgehen." Umgeben von fast unbewohnbarem Regenwald musste er lachen.

„Selbst wenn ich nicht dein Ticket weg von hier wäre, was willst du machen, zum nächsten Dorf laufen?"

Sie antwortete nicht.

Es reichte. Er duckte sich, holte aus, griff nach dem Sturmgewehr und wirbelte sie herum. Sie krachten in den Baum, der sie nicht vor ihm hatte verstecken können, und er flüsterte in ihr Ohr. „Ich heiße Trace. Ich bringe dich nach Hause. Vertrau mir, hör auf mich und wir kommen hier beide lebend raus. Alles klar?"

Nichts. Sie wehrte sich nicht. Sagte kein Wort. Sie trug ein dünnes Tanktop, keinen BH, vielleicht eine Camouflage-Hose. Wieder tauchte etwas Vertrautes in seinem Hinterkopf auf.

„Hast du mich verstanden?" Er würde sie nicht loslassen, bis er ihre Zustimmung hatte. „Nicke oder sag etwas. Wir haben keine Zeit für ein Duell."

„Trace?" Ihre Stimme war zögerlich und seine Reaktion eindeutig.

Diese Stimme, er kannte sie. Aus welchem Teil der Welt? Oder welche weibliche Einsatzkraft? Er konnte sich nicht erinnern. Er kannte niemanden mit dem Namen Marlena McCloud. So einen Namen hätte er sich gemerkt. Seit er ihn zum ersten Mal gehört hatte, hatte ihn der Name beschäftigt, als wäre er zu sanft für eine Einsatzkraft, zu kuschelig für den Geheimdienst.

Sie drehte den Kopf. Obwohl die schwarze Dschungelnacht alle Details verbarg, überkam ihn eine plötzliche, sehr klare Erkenntnis. *Was. Zum. Teufel.* „Mallory?"

„So etwas in der Art." Sie senkte den Kopf und wandte sich aus seinem Griff. Er konnte ihre Züge kaum erkennen, aber diese Stimme war unverkennbar – genauso sanft wie der Name McCloud.

Brock bellte ihm ins Ohr: „Treffpunkt. Jetzt."

Er gab ihr das Gewehr zurück, er war nicht imstande zwei und zwei zusammenzuzählen. „Weißt du, wie man das benutzt?"

Weil die Mallory, die er kannte, ganz sicher nicht wusste, wie man eine Sturmwaffe benutzte. Sie war ein hübsches Mädchen, das kaum alt genug war, um in eine Kneipe zu gehen; eine Amerikanerin, die ein paar Bier getrunken hatte. Sie stand für Kichern und Kaugummis und mitnichten für eine, die so eine Knarre abfeuern könnte.

Die Frau schnappte sich die Waffe. „Bitte bring mich einfach hier raus."

KAPITEL FÜNF

MARLENAS HERZ HÄMMERTE in ihrer Brust. Dieser Trace vor ihr war derselbe Trace, mit dem sie ins Bett gestiegen war, für einen Spaß, der nur ihrer Vornamen bedurfte. Ihr One-Night-Stand kam zurück, um sie zu heimzusuchen, und zwar in Form eines den Dschungel bezwingenden Ritters. One-Night-Stands passierten, aber *das hier* passierte normalerweise nicht. Wie konnten sie sich auf zwei verschiedenen Kontinenten wiederfinden, zumal sie sich sicher war, dass keiner von ihnen dauerhaft dort lebte.

Nervöse Energie pulsierte in ihr, während sie versuchte, sich auf die Killer zu konzentrieren, die irgendwo im Dschungel lauerten und nicht auf den anbetungswürdigen, Waffen schwingenden Retter, der sie rasch durch eine Wand von Pflanzen zog.

Trace hob seine Faust und sie hielten so plötzlich an, dass sie in seinen Rücken prallte. Sie fühlte eine solide Muskelmauer, die von einer kugelsicheren Weste und einem kleinen Waffenarsenal bedeckt war, das er an seinem Körper trug. Seinem Verhalten nach zu urteilen, stand er eindeutig mit jemandem in Verbindung, obwohl sie keine Ahnung hatte, wer es war.

Ein Tier kreischte in ihrer Nähe. Sie schreckte auf, klammerte sich an Trace und schlang die Arme um seinen starken Oberkörper. Er wandte den Kopf und sah sie im Dunkeln an. Sie konnte sein Gesicht, trotz ihrer Nähe, nicht sehen, aber sie konnte den intensiven Blick spüren.

„Das wird ein bisschen peinlich, oder?" Seine leise Stimme wurde von dem dichten Dschungel, der sie umgab, gedämpft. Vögel krächzten. Etwas, das viel größer und ... *hungrig* klang, knurrte in nicht allzu weiter Ferne.

Sie versuchte, die kalte Angst durch vorgetäuschte Stärke zu ersetzen. Es war diese Stärke, durch die sie ihre Entführung überlebt hatte. Verdammt, es war wahrscheinlich sogar der Grund für ihr One-Night-Stand. Sie holte tief Luft und log. „Peinlich steht bei mir nicht auf dem Programm, keine Sorge."

Er lachte. „Ich erinnere mich, dass es nicht allzu viel gab, was bei dir nicht auf dem Programm stand." Sofort strömte Hitze über ihren Nacken und ihre Wangen, aber sie versuchte, das Selbstvertrauen in Person auszustrahlen. „Sehr witzig." Sie gab ihm einen schnellen Stoß mit ihrem Ellbogen. Es brachte ihn zum Schmunzeln, bis seine Hand ihre Schultern umfasste und er sie auf den warmen Boden stieß.

In der Ferne hörte man Geschosse knallen. Ihr Körper zuckte bei jedem Schuss. Die Dschungelakustik hielt sie zum Narren. Aus welcher Richtung kamen sie? Für wen arbeitete Trace überhaupt? Das war viel zu viel Vertrauen, als dass sie in einen Kerl legen sollte, nur weil sie mit ihm geschlafen hatte. Rinde platzte von den Bäumen um sie herum, Splitter, verursacht durch die Kugeln, prasselten auf sie herab.

Trace kniete sich über sie, zog sie an sich und bedeckte ihren Körper mit seinem. Sein vertrauter Geruch von ihm erinnerte sie an ihre gemeinsame Nacht. Er beobachtete den schwarzen Abgrund und richtete die Waffe auf Angreifer, die sie nicht sehen konnte. Er war nicht gerade sanft zu ihr. Andererseits waren sie das letzte Mal auch nicht gerade sanft miteinander umgegangen, und sie hatte es verdammt genossen.

Noch mehr Schüsse. Warum um alles in der Welt dachte sie gerade jetzt darüber nach?

Trotz der drückenden Hitze liefen ihr Schauer über den Rücken. Ihre Erinnerung verdrängte rationale Gedanken und spielte ihr Ausschnitte vor; seine breiten Brust über ihr, wie er in sie eindrang, sie fest umklammernd, Zähne über ihre Haut wandernd, über ihre Brustwarzen und noch weiter, viel weiter nach unten. Sie zog scharf die Luft ein.

„Alles ok dort unten?"

Als ihre Augen sich an die Dunkelheit gewöhnten, sah sie, wie sein Kinn sich zu ihr neigte. Er hatte absolut keine Ahnung, was ihr gerade durch den Kopf gegangen war. Gut so- das wäre sehr peinlich. Aber es hatte Spaß gemacht mit ihm, und die Nacht, die sie mit ihm verbracht hatte, war ihre einzige wilde Atempause in einem ansonsten zwanghaft einsamen Jahr gewesen. *Hör auf! Über ihn! Im Bett nachzudenken!* Zumindest kommentierte Brian im Moment nichts in ihrem Kopf.

„Hey, wie auch immer du heißt, bist du okay?"

Es hätte hart geklungen, wäre da nicht auch ein Lächeln in seiner Stimme mitgeschwungen. Und die Belustigung in diesem Moment wäre normalerweise fehl am Platze, da sie von Leuten umgeben waren, die versuchten, sich gegenseitig umzubringen – die versuchten, *sie* umzubringen –, aber sie fühlte sich bei ihm sicher, und die ganze Situation schien ihm nicht viel auszumachen.

Überlasst es ruhig ihr, ihrem zwanglosen Sexpartner in die Arme zu laufen, während er ihr Leben rettete. Na klar doch. „Jep. Alles super."

„Gut, denn wir müssen weiter." Als er sie wieder auf die Beine stellte, überragte er sie. „Los geht's, Aschenputtel."

Er zog sie durch Dickicht und unter Ästen hindurch. Insekten krabbelten auf ihrer Haut. Ihre Kleidung war durchnässt von Schweiß und klebte an ihr fest. Er war klatschnass, aber sie hatte keine Ahnung warum. Es hatte nichts mit ihren Anstrengungen zu tun.

Sie hielten an, er ging in die Hocke und zog sie mit sich. „Warum Mallory, wenn du Marlena heißt?"

Überrascht, dass er mit dieser Frage so lange gewartet hatte, versuchte sie, die beste Antwort darauf zu finden ohne gleichzeitig von ihrem Sprint zu keuchen. So zu hecheln war überhaupt nicht sexy – nicht, dass das eine Rolle spielte- aber sich so durch den Dschungel zu bewegen war nicht so einfach, wie es in Filmen aussah.

„Keine Erklärung für den Namen?" fragte er.

Sie schloss ihre Augen. *Oh, ich versuche nur, nicht wie eine unfitte Idiotin zu klingen.* „Mallory, Marlena. Ich habe das vor allem aus den Gründen getan, die dich hierhergeführt haben, um mich zu finden." Und in all ihrer atemlosen Pracht verfing sich ihr Fuß in einer Wurzel und sie schlug zu Boden. „Scheiße. Tut mir leid."

Noch im selben Augenblick hatte er sie aufgehoben und hielt sie fest in seinen Armen. Sie war ihm nahe genug, um seinen gleichmäßigen Atem zu spüren. Sein mit Tarnfarben bemaltes Gesicht starrte auf sie herab und sie war in diesem verrückten Augenblick gefangen, bis er den Moment unsanft beendete: „Ich will ja nicht handgreiflich werden. Aber so geht es schneller."

Was –? Oh. Marlena in seinen Armen tragend machte er sich schnell auf den Weg. Theoretisch sollte das Rennen durch den Dschungel, während er sie trug, nicht der schnellste Weg sein. In der Tat waren sie jedoch deutlich schneller wenn sie nicht versuchte, selbst zu laufen.

„Verstanden, Soldat." *Mein Gott, woher kam das denn jetzt?* Vielleicht wurde ihr Gehirn nach der Jagd im schwülen Regenwald nicht mit genügend Sauerstoff versorgt.

„Soldat, he?" Er lachte und sprang eine Uferböschung hinab ohne sein Tempo zu verringern, so dass ihr Magen in Richtung Hals raste.

„Bist du etwa keiner?" Es war die einzig logische Schlussfolgerung. Sie hatte ihn ganz in der Nähe von Ramstein getroffen, und jetzt war er im taffen Militäroutfit in irgendeinem Dschungel unterwegs. Ein amerikanischer Soldat war die einzige Antwort, die ihr dazu einfiel.

„Sowas in der Art." Er nahm im Unterholz Deckung und hielt

dann inne, sah sich in der Dunkelheit um und überprüfte etwas in seiner Hand. „Also, ich bin ein Soldat, und du bist eine hochrangige Zielperson. Was ist los mit der Namensgeschichte?"

Und alles zurück auf Anfang. Bis sie wusste, wer er war, hatte sie nicht viel zu sagen. „Woher weißt du, wo wir sind?", Dschungelgeräusche zischten sie an und obwohl das fast unmöglich war, drängte sie sich noch näher an seine mit Waffen bedeckte Brust. „'Hochrangige Zielperson' klingt lächerlich – nur zu deiner Information."

Er horchte auf, geräuschlos, was ihre immer noch panischen Atemzüge erst richtig zur Geltung kommen ließ.

„Bleib hier," flüsterte er und setzte sie ab. Trace drehte sich um, schaute in das Nichts … und fing an, Salven mit dem Gewehr abzufeuern.

Das helle Licht und der Lärm ließen sie zurückspringen, aber er packte sie, zog sie zurück in seine Arme und begann, ihr zügiges Tempo wiederaufzunehmen.

„Warum verfolgen die uns?"

Er wandte den Blick nicht von der Ferne ab. „Sie jagen uns."

Ihr Magen senkte sich. *Jagen.* „Warum?"

„*Du* weißt doch, warum sie dich geschnappt haben. Ich nicht. Du hast einen hohen Wert. Du bist es wert, Leben aufs Spiel zu setzen – für die und für uns. Ich habe nach diesem Job noch etwas vor, also werde ich nicht derjenige sein, der heute stirbt." Er blieb erneut stehen und presste sie gegen einen Baum um sie vor den Gefahren, die um sie herum lauerten, zu schützen. Schüsse knallten und die Baumrinde explodierte neben ihr. „Alles in Ordnung?"

Sie wusste nicht genau, ob es die Erinnerung oder der Augenblick war, der sie erröten ließ. „Tut mir leid." Die Rinde und Äste des Baumes kratzen an ihrem Rücken. „Wegen neulich."

Er lachte. „Ich bin noch nie so eiskalt versetzt worden, Kleine. Du hast diese Nacht unvergesslich gemacht."

Wenn er ihre Wangen hätte sehen könnte, hätte er Rot gesehen.

Weiß-glühende Scham durchströmte sie, schnürte ihr die Luft ab und sie ließ sich auf die Knie sinken. Sie hatte einen Fehler gemacht, hatte eine Gelegenheit ausgenutzt, war ein Risiko eingegangen: Einmal zwangloser Sex mit einem Fremden, und es musste so etwas dabei herauskommen. Schaudernd versuchte sich ihr Körper in sich selbst zu verkriechen.

„Hey, Aschenputtel." Er berührte ihr Kinn und führte ihren Blick zurück zu ihm. „Ich wollte nicht wie ein Arschloch klingen."

„Ich habe so etwas noch nie gemacht."

„Einen Mann versetzen während er eine duscht? Oder wilde Sachen mit jemandem machen, den du noch nie vorher getroffen hast?"

Ach du lieber Gott. Sie stöhnte. „Das ist so peinlich."

„Nee, ich habe es genossen." Er hob sie zurück in seine Arme. „Okay, Zeit dich wieder nach Hause zu bringen."

Nach Hause. Was bedeutete das überhaupt noch? Nachdem Brian nicht aufhörte, bei ihr aufzutauchen, sie zu blamieren und zu demütigen wenn er es mal wieder nötig hatte, war sie in ein heruntergekommenes Apartment gezogen in der Hoffnung, er würde sie nicht finden. Es war nicht gerade ihre Lieblingsgegend, aber die Lage war praktisch für die Uni und die örtliche Militärbasis, wo sie hin und wieder antanzen musste.

Also gut, der sexy Fremde könnte sie zurück in die Vereinigten Staaten bringen, wo sie sich verkriechen konnte bis die patriotische Pflicht wieder rief und sie nur zu Gott beten konnte, dass sie nicht wieder an einem Ort wie diesem landete.

KAPITEL SECHS

TRACE LOKALISIERTE DEN Treffpunkt am Fluss, wenige Minuten bevor ein klappriges Fischerboot vorbeifuhr. Eine Taschenlampe blinkte zweimal auf und er antwortete – zweimal kurz, einmal lang. Das Boot drehte auf dem trüben, sumpfigen Fluss ab und Trace setzte Marlena hinein und sprang dann selbst hinterher.

Roman und Ryder, die die Besatzung dieses miesen, kleinen Dampfers bildeten, nickten zur Begrüßung. Marlena war sich ihrer nicht sicher, vielleicht hatte es mit dem Boot zu tun, ganz bestimmt aber mit dem Plan, sich erst mal in aller Ruhe mit dem restlichen Team zu treffen, bevor sie sich aus Südamerika davonmachen würden.

Sie saß auf ihrem Hintern und sah klein und bescheiden aus. „Der Mann, der mich entführt hat –"

„Romatar," warf Roman ein.

Sie nickte. „Er hat eine Menge Geld in das Projekt investiert. Die werden nicht besonders glücklich sein, und sie haben jede Menge bewaffnete Männer."

Trace setzte sich neben sie. „Es ist viel Geld investiert worden, um dich nach Hause zu holen. Ich würde jederzeit auf uns wetten."

„Oh."

Sie glitten den sich langsam windenden Fluss herab. Mücken, groß wie ein Baseball, schwärmten um sie herum und wären sie nicht im Tarnmodus unterwegs gewesen, hätte Trace nicht gezögert, sie als Zielscheibe für sein Schusstraining zu benutzen.

Mallory-Marlena – wie auch immer sie hieß – wechselte von der Bank auf den Boden und war nach fünf Minuten eingeschlafen. Ihr Rücken presste sich gegen sein Schienbein, und es gab nichts anderes zu tun, als sie im Auge zu behalten. Sie war jedenfalls weitaus interessanter als die Landschaft.

Was Zielpersonen anging, war sie sicher nicht der typische Kandidat. Nicht tödlich oder gefährlich. Mit dunkelbraunem Haar, das das Licht feuerrot reflektierte, Lippen, die von Natur aus rosa glänzten, und mehrere Tage altem Augen Make-up, das rund um ihre Mandelaugen verschmiert war, war sie totsicher die bestaussehende Zielperson, die er jemals aufgegriffen hatte. Es waren also nicht die paar Drinks zu viele gewesen, die ihm damals in Deutschland suggeriert hatten, dass sie deutlich mehr als eine solide zehn war.

Ryder und Roman saßen auf der Bootsbank und hielten Ausschau. Ihre Finger lagen zum Abzug bereit, aber Trace wusste auch, dass sie ihn beobachteten während die Minuten zäh verstrichen. Die unausweichlichen Fragen würden bald kommen. Sie waren alle Zeugen seiner Unterhaltung mit ihr im Dschungel gewesen, wenn auch nur einseitig durch ihre Kopfhörer.

„Also, was ist hier los?", fragte Ryder.

Er hatte immerhin fünfzehn Minuten gebraucht, um zu fragen. Nicht schlecht, wenn man bedenkt, was für ein neugieriger Bastard er war. Trace zuckte die Achseln. „Nichts ist los."

Der australische Scharfschütze legte den Kopf auf der Suche nach einem besseren Blickwinkel zur Seite. „Du kennst sie … gut?"

Sein Bauchgefühl sagte Trace, dass er sie nicht in Ryders Nähe haben wollte. Er wollte nicht, dass sie diesen Akzent hörte, den sein Kumpel anknipsen konnte, wenn das richtige Mädchen auftauchte. Aber kannte er sie? Nein, nicht wirklich. Er kannte sie nur nackt und im Bett. „Nicht wirklich."

„Aha." Roman nickte. „Verstehe."

Ryder kicherte. „Selbst der Sensenmann braucht gelegentlich ein wenig Action."

„Okay, ihr Arschlöcher." Auch wenn es so gewesen war, gefiel ihm nicht, wie es klang. „Die Welt ist klein, das ist alles."

Marlena rührte sich auf dem Boden und rieb sich die Augen. Langsam stützte sie sich auf die Ellbogen und sah in die Runde. „Hey, tut mir leid, dass ich eingeschlafen bin." Ihre Augen wanderten über sie hinweg und dann hinaus auf das Wasser.

„Keine Sorge." Ryder lächelte. Es war erstaunlich, wie viel Akzent er in die paar Worte hineinlegen konnte.

Sie schien es nicht zu bemerken. Ihre Augen richteten sich auf Trace, die Brauen hochgezogen. „Willst du mir nicht sagen, wer ihr seid?"

Er nickte. „Titan Gruppe, Delta-Team."

Sie schlug die Beine unter und das wacklige Boot schwankte im Wasser. Sie runzelte die Stirn. „Ich hasse Boote."

Wie konnte jemand Boote hassen? Auf dem Wasser zu treiben war eines der entspannendsten Dinge, die er sich vorstellen konnte, solange niemand auf ihn schoss. Und selbst dann genoss er es wahnsinnig. „Wird dir schlecht?"

Sie lächelte halb. „Keine Ahnung." Als sie sich bewegte, schaukelte das Boot hin und her und ihr Grinsen erstarb. „Eh, vielleicht." Sie winkte mit der Hand ab. „Nein. Ignoriert mich einfach."

Nun, das würde verdammt schwer sein. Sie trug keinen BH. Während sie geschlafen hatte, waren ihre dunkelroten Brustwarzen seinem Blick verborgen gewesen. Aber als die Sonne aufging, erhellte ein sanftes Morgenlicht ihr abgenutztes weißes Trägershirt. Dieses sogenannte Oberteil verbarg nicht allzu viel. Nicht, dass er das alles nicht schon einmal gesehen hätte. *Mist.* Er rieb sein Gesicht mit schmutzigen Händen.

„Was ist mit dir, Trace? Alles klar dort drüben?" lachte Roman.

Arsch. Sie hatten noch etwa dreißig Minuten Zeit, bis sie andockten und sich mit dem Rest des Teams trafen. Von da an wäre der Job ein Kinderspiel. Fahrwerk einfahren. Sie in die Staaten bringen. Nachbesprechung.

Danach hatte er das winzige Problem, in der provisorischen staatlichen Wohnung zu überleben. Vielleicht würde er Brock und Jared bitten, Delta wieder in die Wildnis zu entlassen.

Javier hatte ihm gesagt, er solle es sich als seine eigene Männerfestung vorstellen. Luke und Javier waren bereit, es ein wenig in den Staaten krachen zu lassen, und es war einfacher, wenn man dafür seine eigenen vier Wände hatte. Aber Trace konnte den Gedanken an vier Wände die ihn einschlossen und ein Dach, das langsam näherkam, kaum ertragen. Es gab so viele Dinge die er tun könnte – tun sollte – anstatt in einem bequemen Bett in einer sicheren Unterkunft auszuspannen.

Colin hatte vorgeschlagen, dass Trace vielleicht aufhören sollte, sich selbst zu quälen. Aber scheiß auf sie alle, sie waren es nicht, die ihren Bruder verloren hatten. Die Schuldgefühle wegen Michaels Tod erstickten seine Gedanken, sogar eine Million Meilen entfernt.

Er musste von diesem wackligen Kahn herunter. Weg von dieser Seite des Globus und zurück in dieses wüstentrockene Gebiet, das er lokalisiert und eingekreist hatte. Früher oder später würde er den Stamm finden, der für den Tod seines Bruders verantwortlich war. Es waren Nomaden. Terroristische Ziegenhirten sozusagen. Außer, dass es sich um eine hoch entwickelte Zelle handelte, die mit fortschrittlicher Technologie und einem Geheimdienstnetzwerk ausgestattet war, das ihm stets einen Schritt voraus war. Und außer der Tatsache, dass diese Scheißkerle vermutlich das hatten, was Trace wollte: Michaels Erkennungsmarken.

Er war so nah dran gewesen, dass er die Vergeltung in den Fingerspitzen fühlen konnte. So verdammt nah, dass er die Marken fast schon in seinen Händen spürte. Er war sicher, dass wenn er sie hatte, er endlich wieder tief durchatmen konnte. Aber bis dahin, ging die Suche weiter –

„Jetzt mal im Ernst. Geht es dir gut, Kumpel?" Roman kniff die

Augen zusammen, als wüsste er, in welchen Abgrund Trace gerade starrte.

„Ja." Er blickte in den Morgenhimmel, bis das Boot wieder schaukelte.

Marlena scheiterte bei einem weiteren Versuch, sich auf diesem dämlichen Fischerboot zu bewegen. „Wer hat euch zu mir geschickt? Woher wusstet ihr, wo ich zu finden bin?"

Trace zuckte die Achseln. Er wusste nicht, wer Titan engagiert hatte. Delta war nicht da, um das zu erklären, sondern nur um sie von Punkt A nach Punkt B zu bringen. Aber er selbst hatte auch ein paar Fragen.

„Wenn wir versuchen, zu überleben, sollten wir dieses Bötchen dann nicht ein bisschen schneller rudern?" Sie starrte auf die Paddel, die auf dem Boden lagen. „Oder überhaupt? Mit der Strömung zu treiben scheint mir nicht intuitiv."

Trace schüttelte den Kopf. „Niemand rast diesen Fluss hinunter. Wenn wir das machen, fallen wir auf und bekommen Ärger."

„Also sitzen wir einfach hier?" Sie strich sich rotbraune Haare hinter das Ohr, und in diesem Moment erinnerte er sich an das Geräusch, das sie gemacht hatte, als seine Zunge über ihr Ohrläppchen fuhr.

Er sog den Atem ein. „Noch eine halbe Stunde, mehr oder weniger."

„Meiner Meinung nach sollten wir uns ein bisschen beeilen. Nur damit du Bescheid weißt." Sie blickte auf, sich mit den Händen am Bootsrand festklammernd. Ihr Gesicht war grün, ihre Brustwarzen waren zu sehen und trotzdem hatte ihre Stimme eine gewisse herrische Art.

Er konnte das Grinsen nicht zurückhalten und gluckste sogar. „Wir werden es in Betracht ziehen."

„Was ist so lustig?"

„Ich verstehe es auch nicht." Ryder starrte erst ihn und dann Roman an. „Und wer zum Teufel hat Trace in letzter Zeit lachen gehört?"

Ihre Augen verengten sich und trotz des verschmierten Make-ups machten sie süchtig. „Lachst du mich aus? Fahre das Boot einfach schneller. Du kannst doch sicher ein bisschen beschleunigen ohne gleich Aufsehen zu erregen."

„Du bist echt heiß und auch noch rechthaberisch! Du bist das totale Chaos, Aschenputtel."

„Ich hab doch gesagt, es tut mir leid", sagte sie.

„Das heißt nicht, dass ich es dir nicht trotzdem vorwerfen kann."

„Wovon zum Teufel redet ihr zwei?", fragte Ryder.

Ihre Lippen geschürzt war sie in keiner Weise zu einer Erklärung bereit, was sie für ihn umso liebenswerter machte. „Nichts, Mann."

Trace rutschte von der Bank und setzte sich neben sie auf die Bodenbretter. „Was ist los mit dir? Warum ist dein süßer Hintern hier unten gelandet?"

„Ich teile nicht gerne."

„Oder bist ehrlich."

Sie gab ihm einen Klaps, lächelte aber. „Sei kein Arschloch."

„Weiß nicht, ob das möglich ist." Ryder lachte.

„Privatgespräch, Kumpel."

„Auf einem Boot von der Größe meiner Couch."

Trace drehte sich zu Ryder um und funkelte ihn an. „Ich weiß, jetzt halt einfach die Klappe."

Er wandte sich wieder Marlena zu, und das Boot schaukelte stärker, als er beabsichtigt hatte. „Entschuldigung, das war keine Absicht. Ehrlich."

Sie stieß ihn mit dem Ellbogen an, was das kleine Boot schaukeln ließ, und ihr mulmiger Blick kehrte zurück. „Ich gebe dir jeden Cent, den ich habe, wenn du mich von diesem schrecklichen Floß runterbringst."

„Das ist ein Boot."

„Boot. Was auch immer." Etwas schnellte aus dem Wasser und

schnappte sich eine der baseballgroßen Mücken. „Mist. Bring mich einfach nach Hause."

„Wo ist zu Hause?"

Sie seufzte. „Nirgendwo mehr."

Das klang vertraut. „Ich kann das verstehen."

Brock bellte in seinen Kopfhörer: „Die Luftunterstützung ist zu früh eingetroffen. Seid in fünfzehn Minuten am Dock und haltet die Augen offen."

„Verstanden." Trace warf einen Blick auf Roman und Ryder, dann auf Marlena. „Sieht so aus, als ob du mir jeden Cent schuldest, den du jemals verdient hast."

Ryder und Roman griffen nach Rudern, und Trace suchte den Horizont nach Zuschauern ab, die an ihrem Vorstoß interessiert sein könnten. Jedes Mal, wenn er flussaufwärts und flussabwärts von Bank zu Bank hechtete, warf er ihr einen Blick zu.

Sie pflügten durch das Wasser. Marlena seufzte erleichtert und bemerkte dann, dass er sie anstarrte. Sie setzte einen gleichmütigen Gesichtsausdruck auf und wirkte dadurch fast lächerlich ruhig. Es hätte nicht vorgetäuschter sein können und er hätte sie nicht mehr küssen wollen, als in dieser Sekunde.

Das Dock kam in Sicht, als ein Hubschrauber zur Landung ansetzte. Marlena lehnte sich an seinen Arm. „Anstatt dir jeden Cent, den ich je verdient habe, in den Rachen zu werfen, wie wäre es, wenn ich dich für die Dusche entschädige, die ich neulich verpasst habe?"

Roman kickte ihn leicht in den Rücken. „Es lohnt sich, ein Gewinner zu sein."

Hooyah dazu.

KAPITEL SIEBEN

NACH BOOT-, HUBSCHRAUBER- und Flugzeugtransport war Marlena nun sicher in einem unterirdischen Komplex versteckt. Jared Westin und Brock Gamble hatten sich vorgestellt und waren dann hinausgegangen um sie den zugeknöpften Typen der Landesverteidigung zu überlassen, die ihr Projekt überwacht hatten. Nicht ein einziges Mal hatten sie gefragt, ob es ihr gut gehe oder ob ihr etwas angetan wurde. Sie waren mit den Details ihres streng vertraulichen Projekts beschäftigt und mit der Frage, ob irgendetwas davon durchgesickert war. Sie sagte ihnen die Wahrheit: Sie hatte ihren Entführern genug Fleißarbeit gegeben – und es so kompliziert wie möglich gemacht – dass sie vielleicht dachten, sie hätten Geheiminformationen erhalten, aber es waren nichts weiter als Hausaufgaben für Ingenieure auf Hochschulniveau gewesen.

Ihr Geheimnis war immer noch sicher, aber es würde kein Genie erfordern, um die Verbindung zu der bereits existierenden Technologie herzustellen, und das gleiche Potenzial zur Waffenherstellung zu haben. Sie seufzte, stand auf und sah, dass Jareds Hund im Zimmer geblieben war. Irgendwie füllte das ihre innere Leere ein wenig.

Sie hatte ihre Freunde immer seltener gesehen, seit sie mit ihrem super-top-geheimen, gigantischen Scheißjob angefangen hatte und wenn sie am einsamsten war, hörte sie die Stimme ihres Vaters – nein Brians – die ihr sagte, dass ihr Grips das einzige von Wert an ihr war und dass sie ausgenutzt werden würde. Nun, Brian hatte zumindest in dieser Hinsicht recht behalten. Wow, war sie am falschen Ort zur falschen Zeit gewesen! Mental und körperlich.

Aber wenigstens war sie Romatar entkommen.

Trotzdem... vernachlässigte Freunde und Probleme mit dem Selbstwertgefühl waren nicht die beste Kombination und nun hatte sie diese verrückten Tage hinter sich und niemanden, mit dem sie reden konnte. Dafür hatte sie einen One-Night-Stand, zu dem sie sich unwillkürlich hingezogen fühlte.

Schade, dass er, nachdem Delta sie im Büro der Titan Gruppe außerhalb von DC abgeliefert hatte, mit seinem Team gegangen war. Nicht, dass sie ihm das übelnehmen konnte. Obwohl ein Teil von ihr dachte, dass er sie entführen würde, fort von allen anderen und sie ihr Versprechen einer Dusche würde einlösen lassen.

Marlena bückte sich, um die sabbernde Bulldogge zu streicheln, die die Tür bewachte. Auf der Hundemarke stand THELMA, und sie rollte sich herum, darum bettelnd am Bauch gestreichelt zu werden.

Hinter Marlena öffnete sich eine Tür, und sie sprang mit rasendem Herzen auf. Panik stieg in ihre Kehle. Sie wirbelte herum und sah Trace im Türrahmen lehnen. Seine Muskeln spielten in dem Baumwollhemd und die Farben, die auf seine Arme tätowiert waren, weckten in ihr den Wunsch, näher an ihn heranzutreten, nur um sie zu berühren.

„Hey, du." Seine Augen tanzten, er hatte bemerkt, dass sie ihn gleichzeitig angestarrt und eine Herzattacke hatte.

„Tut mir leid." Je mehr Zeit verging, desto nervöser wurde sie, besonders nach dem Verhör, das sie gerade hinter sich hatte. Diese dumme Reaktion hatte sie immer wieder, seit sie in Mr. Romatars Komplex aufgewacht war und sie dauerte auch nach ihrer Rettung an. Es musste eine Nachwirkung der Entführung sein, aber dennoch war es peinlich.

„Du brauchst dich nicht zu entschuldigen. Ich wollte dich nicht erschrecken." Sein mildes Lächeln trug nicht viel dazu bei, ihre spastischen Gedanken zu beruhigen. „Ein bisschen nervös, was?"

„Nein. Bin ich nicht. Ja, vielleicht doch."

Sein Lächeln verwandelte sich in etwas Selbstbewussteres, und er schlenderte zum Tisch, schnappte sich einen Stuhl und schob ihn ihr zu. Der rollte herüber und er saß in einem weiteren. Thelma rannte zu ihm und sprang auf seinen Schoß.

Trace ächzte, als der Hund landete. „Meine Güte, Thelma. Hast du in letzter Zeit Steine gefressen?"

Er griff nach einer Handvoll pelziger Falten streichelte sie, während sich der Hund in seinem Schoß ausstreckte. Marlena nahm auf dem Stuhl Platz und drehte sich hin und her. Allein, unter den fluoreszierenden Lampen, wirkte ihr großkotziges Duschversprechen komplett wahnsinnig. Sie wollte es unbedingt und konnte es doch nicht mit der atemberaubenden Attraktivität dieses Typen aufnehmen. Sie spielte nicht in seiner Liga. Er mochte sogar Hunde. Mit einer faltigen Bulldogge zu kuscheln war so ziemlich das einzige, was diesen Kerl noch besser aussehen lassen konnte.

„Also, Marlena."

Er ließ ihren Namen wie Sex klingen. Sie hatte ihren Namen schon tausendmal gehört, während ihrer einundzwanzig Jahre auf dieser Erde, doch noch nie zuvor wollte sie sich dabei nackt ausziehen. Als Trace ihren Namen sagte, betete sie, dass der Stoff ihrer Kleidung einfach wegschmelzen würde. An sich herunterschauend überkam sie ein Anflug von Enttäuschung, als sie sich vollständig bekleidet sah.

Sie biss sich auf die Lippe und zwang sich zu einem Lächeln. „Also, Trace."

„Ich habe das Gefühl, du wurdest kürzlich den Wölfen vorgeworfen. Sergeant Schwanz und Captain Arschgesicht sahen ungefähr so nett aus wie ein Fick auf Sandpapier."

Ihre Brauen zogen sich zusammen. „Ich denke, das wäre nicht allzu nett."

„Du bist nicht beim Militär, oder?"

„Nein." Sie legte den Kopf schief und spielte mit einer Haarsträhne. „Du weißt wirklich gar nichts über mich? Sie haben dich nur geschickt, um mich zu finden und nach Hause zu bringen?"

„Jep."

„Na, ja es war auf keinen Fall deswegen, weil sie sich Sorgen um mich gemacht haben, soviel steht fest," höhnte sie.

„Bist du beim Geheimdienst?"

„Nicht wirklich."

„Also was ist es?" fragte er.

„Ich bin eine Studentin der Biotechnik. Ich mache meinen Bachelor und meinen Master in einem kombinierten beschleunigten Programm und ich *hatte Glück* überhaupt dort rein zu kommen." Sie beschrieb ein Anführungszeichen in der Luft, als sie von *Glück* sprach. „In meinem ersten Jahr schrieb ich einen Artikel, der von einer wissenschaftlichen Zeitschrift aufgenommen wurde. Ich schätze, ich habe das Interesse der Regierung geweckt. Sie riefen an. Der Rest ist Geschichte."

„Oh." Er zwinkerte. „Also bist du schlau."

Das brachte sie zum Lachen. „Kommt darauf an."

„Ich mag schlau."

Und das ließ sie erröten. Sie konnte fühlen, wie sich die Hitzewelle über ihre Wangen ausbreitete. „Äh…"

„Soll ich dich mitnehmen? Du siehst erschöpft aus." Er hob die Hände hoch. „Auf eine du-bist-sehr-hübsch Art und Weise."

Der Schmerz in ihrer Brust ließ nach. Sie hatte nicht bemerkt, dass er da war, aber jetzt, da er sich aufgelöst hatte, konnte sie sich etwas entspannen. „Eine Mitfahrgelegenheit wäre sehr willkommen."

„Ich dachte du hättest kein Zuhause mehr."

„Du hast zugehört", sagte Marlena.

„Überraschend, oder?"

„So überraschend nun auch wieder nicht." Sie warf ihre Hände mit einem Lachen in die Höhe. „Auf eine du-bist-ein-totaler-Macho Art und Weise."

Er stand auf und schob Thelma von seinem Schoß. „Süß. Komm schon." Mit einer Hand auf ihrem Rücken führte er sie zur Tür. Es war ihr nicht entgangen, dass Trace in der Zeit, als sie mit den Titan Bossen und Geheimprojektpennern zurückgelassen worden war, geduscht hatte. Er roch blitzsauber. Sie dagegen brauchte dringend eine Dusche.

Als sie an ihm vorbeipreschte, ergriff seine Hand ihren Ellbogen und zog sie an sich. „Was ist das nur mit dir und dem Wegrennen?"

„Du bist sehr sauber." Sie verzog das Gesicht. „Und ich überhaupt nicht"

„Ist mir nicht aufgefallen."

Boah, Baby, mir ist das ganz bestimmt aufgefallen. Sie war sich nicht sicher, ob er gerade gelogen hatte, aber sie betete, dass das nicht der Fall war. „Lass uns einfach etwas Abstand voneinander halten. Ich bin mir ziemlich sicher, dass wenn ich nicht bald keine Zahnbürste auftreibe, wir beide bald total angeekelt sein werden."

„Was immer du sagst, heißer Feger." Er tätschelte ihren Hintern, als sie den Raum verließen.

Hinter ihr rollte Thelma herum und schnaubte. Marlena biss sich auf die Unterlippe und war sich nicht sicher, was sie denken oder sagen sollte. Und so tat sie keines von beiden und folgte Trace durch ein Labyrinth von Sicherheitstüren, bis sie sich auf einem Parkplatz befanden. Nicht gerade ihr Lieblingsort. Jedes Mal, wenn sie einen sah, musste sie an Mr. Romatars Leute denken: wie sie sie gepackt hatten und ihr einen Knebel in den Mund geschoben hatten, oder ihr beim Aufwachen in einem Flugzeug zugesehen hatten, welches, wie sie später feststellen sollte, nach Südamerika unterwegs war.

Es war wieder an der Zeit Selbstvertrauen vorzutäuschen, denn Trace war sicherlich nicht der Typ Mann, der sich mit schwachen Mädchen abgab. Sie erreichten ein schwarzes Auto mit getönten Fenstern. Er entriegelte es mit einem Piepton und öffnete ihr die Tür.

„Brauchst du Hilfe beim Einsteigen?"

Sie stieg ins Auto, tastete nach dem Türgriff und schloss sich ein, weg von ihm. „Alles okay."

Sicher doch. Super selbstbewusst. Sie ließ den Kopf hängen, bis er sich neben sie auf den Fahrersitz setzte. Dann schaute sie aus dem Fenster und fühlte sich wie das peinlichste Mädchen überhaupt. „Ich wohne direkt an der Ausfahrt 21. Es ist nur vorübergehend, bis…" *Bis mir klar ist wo ich hinsoll und warum ich mich so verdammt verloren fühle.* „Bis ich etwas Besseres finde."

Das Parkhaus war ein Zementirrgarten voller Barrieren und Sicherheitsvorkehrungen. Es war sicherer als jeder geheime Ort, an den sie bisher für ihr Projekt gebracht worden war.

Nach ein paar Minuten auf nicht markierten Straßen fuhr Trace auf den Highway. „Ich habe jetzt eine vorübergehende Wohnung, mit freundlicher Unterstützung von Titan." Er murmelte etwas, das sie nicht verstehen konnte. „Nur blöd, dass ich die Wände hochgehe."

Sie drehte sich um. Sie hatte nicht erwartet, dass er so etwas sagen würde. „Du? Du bist die ausgeglichenste Person, die ich je getroffen habe."

Er schmunzelte. „Das ist nicht immer so, Aschenputtel."

„Das glaube ich dir nicht."

„Ich bin gezwungen worden, in den Staaten zu bleiben. Ich komme nicht besonders gut damit klar, aber es geht nicht anders. Also mache ich es."

Trace lebte nicht hier? „Wo würdest du sonst sein?"

„Überall anders."

„Deutschland?"

„Nein", sagte er und schüttelte den Kopf. „Ich bin dort nur ein paar Hinweisen nachgegangen." „Klingt vage. Ist alles, was du für Delta oder Titan tust, für wen auch immer, ist das alles –"

„Das war eine persönliche Angelegenheit."

„Oh", sagte sie.

„Wenn wir keine Aufträge haben, mache ich etwas, an dem ich jetzt schon seit ein paar Wochen arbeite."

„Was ist es?"

Er antwortete nicht, sondern wechselte nur unnötig die Spur. „Hast du Hunger? Ich hole mir einen Burger im Drive-Thru."

Heikles Thema. Das war interessant, weil sie gedacht hatte, dass ihn nichts aus der Ruhe brachte. „Burger hört sich gut an. Danke."

Sie fuhren durch den Drive-Thru und verließen ihn mit Tüten voller Fastfood und sie aßen leise, während er fuhr. Er nahm die Ausfahrt und folgte ihren Anweisungen bis zu ihrem Haus. Dann waren sie zu Hause, am Ende ihrer Zeit mit ihm.

Sie schaute zu der Maisonette-Wohnung hinauf, während sie in ihrer Einfahrt saßen. Alles fühlte sich angespannt an. Es war keine sexuelle Spannung, sondern eher so, als hätte sie etwas gesagt, das zu weit ging. „Danke noch einmal."

Trace nickte und ein Auto raste ihre Straße hinunter. Sie zuckte zusammen. Es war nur jemand, der um den Block raste. *Sowas Dämliches.* Ihr Herz war ohne Grund fast aus ihrer Brust gesprungen. Gott, was war sie für eine nervöse Idiotin. Es war peinlich. Sie konnte nicht jedes Mal in die Luft springen, wenn ein Auto ein Geräusch machte oder eine Tür zuschlug.

„Marlena?"

Ihre Augen schossen zu ihm. Sie wusste, dass er sie durchschaute. Schwach. Trotzdem knipste sie ihr Lächeln an. „Ja?"

„Ich rufe dich später an, nur um auf Nummer sicher zu gehen, dass es dir gut geht."

„Du hast meine Nummer nicht."

„Ich wüsste nicht, warum mich das abhalten sollte, dich anzurufen."

„Sie ist neu und nicht gelistet."

Sein Gesicht verdunkelte sich, als würde er die Möglichkeiten abwägen, warum. „Das ist interessant. Ich rufe dich später an."

Marlena öffnete die Tür und stieg aus. Warum gab sie ständig

Informationen preis, die niemand benötigte? Aus dem gleichen Grund, aus dem sie vor ihm abgehauen war: Sie hatte sich in seiner Gegenwart nicht unter Kontrolle und das war beängstigend. Von nun an würde jede Interaktion mit ihm genau durchgeplant sein. Obwohl sie keine Pläne gemacht hatten. Sie war ein One-Night-Stand gewesen, den er gerade zufällig gerettet hatte, und sein Angebot, anzurufen, war ein einfacher Ausweg aus einer unangenehmen Heimfahrt. Trotzdem konnte es nicht schaden zu hoffen, dass sie sich irrte.

KAPITEL ACHT

ALS MARLENA DURCH die Tür ihrer Wohnung trat, war sie von Trostlosigkeit umgeben. Es war so leer. Sie hatte ihr Handy verloren, als Romatars Leute sie entführt hatten. Aber sie hatte noch ihren Festnetzanschluss. Sie benutzte ihn nie, aber er war da, wie um sie zu verspotten, nachdem Trace gesagt hatte, er würde anrufen. Der einzige Grund, warum sie zu Hause überhaupt ein Telefon hatte, war für den Notfall. Es war ein dämliches Sicherheitsnetz.

Sie duschte, wärmte sich ein Mikrowellenessen auf und pflanzte sich vor den Fernseher. Eingekuschelt in eine Decke, übermannte sie der Schlaf –

Das Klingeln ihres Haustelefons schreckte sie auf.

Er wird auf keinen Fall anrufen, *auf gar keinen Fall.* Aber ihr Telefon klingelte und es hallte aus der Küche … vielleicht war das ein Traum. Sie starrte ungläubig in Richtung Küche. Er konnte sich nicht wirklich die Zeit genommen haben, ihre Geheimnummer herauszufinden. Oder?

Marlena sprang auf, immer noch in die Decke gewickelt, und schlurfte zum Telefon. „Hallo?"

„Ich hab dir doch gesagt, ich würde anrufen."

Ihr Magen sank in ihre Knie, aber sie lächelte. „Das stimmt."

Die Frage war „warum?". Es gab keinen Grund für ihn, sie zu bemitleiden. Wenn er nicht hätte anrufen wollen, hätte er sie nie wiedersehen müssen.

Trace räusperte sich. „Überlebst du bei dir zu Hause? Weil ich es nämlich bei mir hasse."

„Ich bin auf der Couch eingeschlafen, beim Fernsehen." Mein Gott, sie klang wie eine Verliererin. *Warum hatte sie das gesagt?*

Trace lachte. „Ich auch, zu Tode gelangweilt. Ich habe eine Runde Billard mit den Jungs gespielt und bin dann hierher zurückgekommen. Zu einem Stadthaus. In einem Auto, Scheiße."

„Ich kapier das nicht. Wie wärst du denn sonst nach Hause gekommen?"

Er lachte wieder. „Ich bin nicht wirklich ein Auto-Typ."

„Oh. Also eher ein Transporter-Typ oder so?"

„Ich kann mit jedem guten fahrbaren Untersatz umgehen, mit dem es Spaß macht, zu entkommen und auszuweichen. Ich denke der Charger ist schon in Ordnung. Er hat eine gute Beschleunigung und so. Aber… ein Auto und ein Haus machen mich unruhig, sonst nichts. Egal. Was ist los mit deiner neuen Bleibe?"

Sie hatte schon zugegeben, allein zu Hause zu sein und nichts zu tun zu haben. „Der Job ist schuld."

„Das ist zu einfach, Marlena. Da ist noch etwas anderes."

„Du hast recht, aber ich will nicht drüber reden."

„Na gut. Erschrickst du noch, wenn Türen zugeworfen werden und Autos vorbeifahren?"

Sie holte tief Luft. „Nein!"

„Sicher."

„Nun, ich war alleine. Keine Autos oder Türen, die mich erschrecken könnten."

„Das ist nicht ungewöhnlich, nach der Scheißnummer, in die du reingezogen wurdest."

Sie seufzte. „Ich möchte nicht darüber nachdenken, geschweige denn darüber reden."

Er schwieg und sie saßen da. Sie wickelte das Telefonkabel um ihren Finger und lehnte sich an die Wand. Es war angenehm, zu wissen, dass er da war. Wenn eine Tür zuschlug, würde sie vielleicht nicht erschrecken. Andererseits sollte sie eigentlich allein sein, also sollte sie auch erschrecken, wenn eine Tür zuschlug. Sie kniff sich in den Nasenrücken.

„Ich möchte heute Nacht nicht allein sein." Seine leise Stimme ließ sie erschauern. „Ich hätte dich vorhin nicht alleine lassen sollen. Ich…sollte das nicht sagen. Zur Hölle, Mar. Ich muss auflegen."

„Warte!" Warte, und dann was? Dass sie ein Mann abserviert sollte eigentlich keine Überraschung sein, aber es war eine und tief in ihrem Inneren fühlte sie, dass er sie in diesem Moment vielleicht mehr brauchte, als sie ihn. „Trace?"

Sekunden verstrichen. „Ja?"

Ihr Vater würde gegen sie wetten. Brian würde den Kopf schütteln und sagen, dass niemand sie brauchte. Marlena schloss die Augen und schüttelte den Kopf. *Zum Teufel mit Brian, diesem Stück Scheiße von Vater.* „Ich will heute Nacht auch nicht allein sein. Aber ich bin nicht für viel zu gebrauchen. Ich bin nur-"

„Und das heißt?"

Ich bin zu müde, um mit dir ins Bett zu springen, und ich bin zu sprunghaft um eine gute Gesellschaft zu sein. Ich muss raus aus meiner Wohnung. Ich meine nur –"

„111 Mason Brick Drive."

Sie hätte mit Nervosität oder Angst gerechnet. Mit allem außer dieser Ruhe, die sie von ihren persönlichen Dämonen befreite. „Ich bin in zwanzig Minuten da."

BARFUß UND IN Jeans kippte Trace ein Bier hinunter und starrte auf sein Handy. Es wäre klüger gewesen, sie anzurufen und zu sagen, er könne seine Augen nicht offenhalten. Das vielleicht ein anderes Mal besser wäre, zum Beispiel, wenn sie auf Hochtouren war und sich nackt ausziehen wollte. Aber das war heute Abend nicht drin. Sie waren noch nicht viel länger als zwanzig Stunden aus Südamerika zurück. Sicher, sie sagte, sie hätte geschlafen. Aber nach dem, was sie durchgemacht hatte, brauchte sie wahrscheinlich eine starke Schlaftablette und ein paar Tage Schlaf.

Scheinwerfer erhellten seine Einfahrt, und sie war da. Verdammt, wenn da bloß nicht diese Aufruhr in seiner Brust herrschte. Er öffnete die Tür und sah zu, wie sie aus ihrem Auto stieg und ging nach draußen. „Rotes Auto, rote Haare. Steht dir."

Sie schnaubte, legte dann aber zu viel Sicherheit in ihre Stimme. „Absolut. Power-Farbe."

Etwas stimmte nicht, aber es war ihm egal. „Rot ist sexy. Ich hab keine Ahnung von Power-Farben." Er trat einen Schritt näher. „Wie gesagt, Aschenputtel, es steht dir. Komm rein." Er nahm ihre kleine Hand und führte sie die Treppe hinauf.

„Danke."

Trace führte sie hinein. „Das ist es. Sieht anständig aus, fühlt sich an wie eine Gefängniszelle."

„Eine Gefängniszelle?" Sie musterte misstrauisch das Wohnzimmer und er bewunderte ihren Schlafanzug. Ein Baumwoll-T-Shirt und eine Flanellhose mit kleinen, Wasserski fahrenden Pandas in Weihnachtsmützen. Wenn sie draußen im Dunkeln sexy gewesen war, war sie hier drinnen…also dieses ganze Outfit… es war niedlich.

Marlena hielt inne – und ertappte ihn beim Schauen.

Ihre Augenbraue hob sich spielerisch. „Was ist das denn für ein halb-Lächeln, halb-Stirnrunzeln Ausdruck? Wenn dir mein Schlafanzug nicht gefällt, dein Problem." Sie vollführte eine Drehung. „Ich – hey, schaust du einen dieser *Bourne*-Filme?" Und im Handumdrehen ließ sie sich auf seine Couch fallen, die Beine unter ihrem Hintern verschränkt.

Das Mädchen mochte Agentenfilme. Ein weiterer Punkt auf der coole-Braut-Liste. Nichts, was sie tat, war vorhersehbar. „Möchtest du ein Bier?"

„Dann schlafe ich wahrscheinlich ein."

Er legte den Kopf schief. „Dafür angezogen bist du ja."

Ihre Augen wanderten über seine nackte Brust. „Ich…"

„Ich hole dir das Bier." Ausnahmsweise sollte er vielleicht zur Abwechslung auch mal an jemand anderen, außer sich selbst denken. Die Frau konnte kaum aufrecht stehen. Ihre Klamotten waren wie ein Signal, die Finger von ihr zu lassen. Aber er konnte einfach nicht. Er brauchte eine verdammte Barrikade. „Ein Bier und eine Decke."

Eine Minute später hatte sie ein kühles Blondes in der Hand und eine Decke über ihren Beinen. Er saß in der Mitte des Sofas und zog sie an sich. Sie roch nach Zucker, und das hätte sein Todesurteil sein können, hier mit ihr zu sitzen, wenn sie so süß roch wie beim ersten Mal, als er sie flachgelegt hatte. Ihm lief das Wasser im Mund zusammen und er schloss die Augen und versuchte sich darauf zu konzentrieren, wie Matt Damon Zeug in die Luft jagte. Es funktionierte nicht.

Stattdessen hörte er die Bombenexplosionen, die ihm den Bruder genommen hatten. Ein lautes Knurren ertönte; er riss die Augen auf. Er war bereit, die Mauern niederzureißen und – Marlena schlief eingekuschelt zwischen der Armlehne seiner Couch und seiner nackten Brust. Ihr fast volles Bier lag locker in ihrer Hand. Mein Gott, sie war wunderschön.

Trace stellte ihr Bier auf den Couchtisch und hob sie samt ihrer Decke hoch. Ohne nachzudenken, ging er zum Schlafzimmer und legte sie in sein Bett, kroch neben ihr hinein. Marlena seufzte leise, wachte aber nicht auf.

„Ich weiß nicht, was ich von dir halten soll, Aschenputtel."

Er schmiegte sich an ihren vom Schlaf entspannten Körper und küsste ihr nach Zucker duftendes Haar. Wenn er jemals normal wäre, wenn er keinen bösartigen Kampf in seiner Brust auszutragen hätte, um Michaels Tod zu rächen, dann wäre dieser Moment vielleicht sein Himmelreich gewesen.

MARLENA ERWACHTE, UMGEBEN von harter Wärme. Sie war nicht in Mr. Romatars Anwesen, das war nicht ihr Bett…Die vergangene Nacht blitzte in ihrer Erinnerung auf. Das letzte, woran sie sich erinnerte, war ein Bier zu trinken und sich an Trace zu kuscheln.

Langsam drehte sie sich um und da war er – schroff und nur Zentimeter von ihr entfernt. In seinem Bett. Ihr Herz schlug ihr bis zum Hals.

„Guten Morgen", flüsterte er.

Unsicher darüber, was sie sagen sollte, setzte sie sich auf. „Ich sollte gehen."

Das schwere Gewicht seines Armes legte sich über sie und zog sie fest an sich. „Das solltest du nicht."

Er konnte nicht wollen, dass sie blieb. Stimmt's? Aber anstatt diesem Zweifel Ausdruck zu verleihen, lag sie stocksteif da und starrte an die Decke.

„Marlena."

„Hmm?"

„Schlaf weiter." Seine raue Morgenstimme wusch über sie.

„Es geht mir wirklich gut. Ich sollte…"

Die weichen Laken verrutschten, als Trace sich ganz nah zu ihr herüber beugte. Ihr Herzschlag war lauter als die Zweifel in ihrem Kopf, dann nahm er ihr Gesicht in seine kraftvollen Hände und wischte ihre Angst mit dem sanftesten Kuss, den sie sich hätte vorstellen konnte, weg.

„Trace…"

„Shhh." Seine vollen Lippen berührten ihre; seine Zunge spielte.

Sie verschmolz mit seinem starken Körper und kräftigen Muskeln zu einer Sanftheit, die sie überwältigte. Sie brauchte seine Bestätigung und hasste diesen einen Kuss. Sie war ein heilloses Durcheinander, vertraute ihm so einfach, wie sie sich unter seiner Berührung entspannte.

„Können wir jetzt weiterschlafen?"

Marlena seufzte. „Mm-hmm."

Sein Telefon klingelte. „Was ist das denn jetzt, verdammt?"

Seine Hand tastete auf dem Nachttisch herum, bis er es schließlich fand und abnahm während sie auf den Wecker schaute dessen Anzeige sechs Uhr morgens zeigte. Wer würde so früh anrufen?

„Verstanden", sagte er nach ein paar Sekunden. Er rieb sich das Gesicht und setzte sich auf. Die Decke rutschte herunter und sogar durch seine Jeans konnte sie sehen, dass er einen harten Schwanz hatte. Sein Blick folgte ihrem und sie sah verlegen weg.

„Mach dir nichts draus. Ein wunderschönes Mädchen hat mir einen Guten-Morgen-Kuss gegeben." Trace streckte sich und kroch aus dem Bett.

Ihr Herz flatterte, und dann saugte sie seinen Anblick ein, wie jeder Muskel im Körper dieses Mannes gemeißelt und definiert war. Heilige Scheiße, sie würde gleich ohnmächtig werden. Hatte sie jemals etwas derartig kantig Gutaussehendes gesehen? Und diese Tätowierungen ... Ein Gesamtkunstwerk. Das war die einzig passende Beschreibung für ihn.

„Wir haben einen Auftrag und ich muss los." Er ließ seine Jeans fallen und ging zu seinem Schrank.

Hat er das wirklich gerade getan? Heilige Scheiße oder wohl eher *Heilige Arschbacken.* Seine Rückseite war muskulöse Perfektion. Errötend und mit dem Anblick in ihr Gedächtnis eingebrannt, atmete Marlena tief durch, ließ sich auf das Bett zurückfallen und bedeckte ihr Gesicht mit einem Kissen. „Trace, du bist schwer zu fassen."

Sie hörte sein Lachen und schob den Zipfel des Kissens zurück, um einen weiteren Blick auf seinen nackten Hintern zu erhaschen.

„Schwer zu fassen", murmelte er und schmunzelte immer noch. „Das musst du gerade sagen."

„Was soll das denn heißen?", fragte sie, ihren Mund auf das Kissen gepresst sah sie nicht noch einmal hin, aber prägte sich genau ein, wie sein Hintern aussah.

„Wenn dieser Anruf nicht sehr dringend wäre, würde ich meinem Chef den Finger zeigen und hier bei dir bleiben. Mitsamt Weihnachtsbärenschlafanzug."

KAPITEL NEUN

DELTA FÜHRTE AUFTRÄGE knallhart durch. Trace liebte das. Genau wie damals, als er in seinem SEAL-Team war, arbeiteten sie ununterbrochen, führten ihre Operationen gnadenlos bis an den Punkt, an dem es kein Zurück mehr gab und kehrten dann nach Hause zurück.

Aber da war wieder dieser Haken: nach Hause. Er brannte darauf, nach Afghanistan zurückzukehren, brannte darauf, in der Wüste nach Antworten zu suchen und die persönlichen Sachen seines Bruders zu finden.

Es gab nicht viel zu beerdigen, nachdem die Bombe eingeschlagen hatte. Alles was er wollte waren die gottverdammten Erkennungsmarken seines Bruders. Wie konnte ein so kleines Erinnerungsstück so viel bedeuten und ihn bis an den Rand des Abgrunds quälen? Druck hämmerte in seiner Brust. Emotionen brannten in seinen Augen. Trace fuhr sich mit der Hand über das Gesicht, und ohne nachzudenken, drückte er die einzige Nummer, die er in seinem Telefon gespeichert hatte.

Marlena nahm beim zweiten Klingeln ab. „Hi."

„Woher wusstest du, dass ich es bin?"

Sie summte so, dass er ihr Lächeln hören konnte. „Niemand sonst hat diese Nummer."

Das fühlte sich gut an – und besitzergreifend, so als ob niemand anders diese Nummer haben sollte. „Was machst du?"

„Ich versuche, versäumten Unterricht nachzuholen. Wie es aussieht kann man seinem Professor nicht einfach sagen, dass man von internationalen Terroristen entführt wurde und erwarten, dass man mit verpassten Stunden und Hausaufgaben davonkommt." „Das ist ärgerlich." Das war lustig, aber sein dumpfes Lachen klang hohl.

„Ist alles in Ordnung?"

Er lehnte sich wieder an die Wand und versuchte, nicht zusammenzusacken. „Ja, klar."

„Wo warst du? Was hast du gemacht?", fragte Marlena.

„Du weißt schon. Immer dasselbe Spiel."

„Eine weitere Gelegenheitsbekanntschaft befreit? Superhengst, was?"

Diesmal lachte er aufrichtig, aber er hasste sich dafür. Er telefonierte mit seiner Affäre, während Michael tot war. Trace hatte ein neues Team, aber dass die SEALs ihn rausgeschmissen hatten, hätte seinen Bruder zerstört. Verdammt noch mal, Trace hatte mit einem hübschen Mädchen gelacht, dass er nicht abwarten konnte anzurufen, sobald er nach Hause kam. *Was. Zum. Teufel.* Sich auf die Zukunft zu freuen, war fehl am Platz. Er hatte die Vergangenheit noch nicht verarbeitet, und sollte das eigentlich nicht tun müssen…sein Zwillingsbruder war nicht mehr am Leben und Trace hatte noch nicht mal das Allernötigste, um diesem Leben zu gedenken. Aber er hatte Zeit gefunden, mit einem Mädchen zu flirten? Schuldgefühle stachen in seiner Brust.

„Trace?"

Die nackten Wände kamen immer näher. Er ging zum Sofa. Der Stoff kratzte ihn. „Ich glaube, ich muss auflegen. Ich rufe dich später an, Mar."

Sein Herz schlug schneller und er versuchte, sich ins Bett, den Flur, das Wohnzimmer zu verlagern. Egal wohin er ging, er hatte den Drang zu fliehen. Die einfachste Lösung wäre, eine Flasche mit etwas Hochprozentigem zu öffnen. Vielleicht könnte er die beginnenden Kopfschmerzen wegtrinken. Aber das könnte ein der Anfang vom Ende sein und Ärger mit Delta bedeuten, den er nicht gebrauchen konnte.

Obwohl… wenn das passierte, würde er vielleicht mit Jared oder Brock aneinandergeraten. Es würde sich gut anfühlen, sich ein bisschen herumzuprügeln und ein paar Schläge auszuteilen. Er ballte die Fäuste und musste etwas tun.

Trace ließ sich auf den Boden fallen und zählte Situps. Nach einhundert hörte er auf zu zählen, riss sich das Hemd vom Leib und machte weiter, bis ihm der Schweiß in Strömen herunterlief und seine Muskeln vor Schmerz schrien.

Es klingelte gerade als er sich durch seinen letzten Situp ächzte. Er fiel schwer atmend zurück. Was zum Teufel war das für ein Geräusch gewesen? Er wischte sich mit dem Hemd über die Stirn und sprang auf, als könnten jeden Moment Aufständische angreifen. Aber das hier war nicht der Nahe Osten. Hier gab es keine Kriegsgebiete. Nur Vororte, in denen die Leute klingelten und versuchten, irgendwelchen Mist zu verkaufen, den Trace nicht gebrauchen konnte. Es hatte einfach nur an seiner Tür geklingelt, und er musste sich verdammt noch mal beruhigen. Waffenlos und schweißgebadet öffnete er die Tür.

„Hey." Marlena stand mit einem Sechserpack in der Hand da. „Überraschung. Darf ich reinkommen?"

Ihre Augen glitten über seinen halbnackten Körper. Wärme floss durch seine Adern. Es war die Art von Hitze, die nichts mit einer Überdosis Training zu tun hatte. Und mein Gott, sie sah gut aus – wie ihr T-Shirt so an ihren Brüsten klebte. Die Art, wie ihre Hose ihre Hüften bedeckte. Es löste eine lebhafte, sofortige Erinnerung an seine Hände aus, die sie hielten, bis sie stöhnte.

„Ja." Er trat einen Schritt zurück. „Sicher."

Sie ging an ihm vorbei, als gehöre ihr die Wohnung, warf ihre Handtasche hin, ging in Richtung Küche und stellte das Bier – minus zwei Flaschen – in den Kühlschrank. „Hier."

„Danke." Er konnte an nichts anderes als die nackte Marlena denken. Nackt und auf seinem Schwanz zum Höhepunkt kommend. Das schien kein guter Einstieg für ein Gespräch zu sein.

Sie nahm einen langen Schluck und musterte ihn, bevor sie die Flasche zwischen ihren Handflächen hin und her rollte. „Du hast dich … seltsam angehört."

„So?" Trace klang nicht seltsam. Er *war* seltsam. Alles war verschoben, vor allem durch die Routine des Alltags mit Gartenzäunen die ihn umgaben – oder erdrückten, je nach Blickwinkel. Und dann wiederum gab es Marlena. Er konnte die Leere, die sie in ihm auslöste, nicht erklären, aber wenn er an ihr hübsches Gesicht dachte, dachte er auch unwillkürlich an das Loch in seiner Brust. Es war so, als ob sie etwas war, das er besitzen sollte, aber nicht durfte. Oder wollte. Oder nicht konnte aber sollte. Seine Gedanken waren total durcheinander.

„Trace?" Sie stellte ihr Bier auf die Küchentheke. „Wenn du ein Problem damit hast, dass ich hier unangemeldet aufgetaucht bin, sag es einfach. Eigentlich, jetzt wo ich das laut ausspreche" – sie krümmte sich, lachte aber – „klingt es, als wäre ich ein bisschen zu weit gegangen."

„Nein. Das ist schon ok. Es ist nur … Vier beschauliche Wände machen mich ein bisschen klaustrophobisch. Das ist alles."

„Bist du deshalb schweißgebadet?" Ihre Nase kräuselte sich.

Mist. „Ja, ich denke schon. Ich hatte vor, bis zum Umfallen zu trainieren, zumindest war das mein Plan."

„Ich habe wieder ein Handy." Sie zog es aus der Tasche und wedelte damit. Ihre Augen taxierten ihn und wandten sich dann zur Küche. „Nun, ich will dich nicht abhalten"

Er wollte nicht, dass sie ging. In seiner Brust baute sich Druck auf. „Gib mir eine Minute. Lass mich schnell duschen, und dann trinken wir ein Bier." Ein Zögern hing zwischen ihnen. „Bin in einer Minute zurück. Geh nicht weg, Aschenputtel."

Ohne zu warten, drehte er sich um und ging ins Bad. Sie zurückzulassen, während er duschte, war ein Risiko, wenn man bedachte, dass sie schon einmal in genau dieser Situation gewesen waren, und das nicht gut ausgegangen war. So schnell er konnte, fuhr er mit Shampoo durch seine Haare und einem Waschlappen über seinen Körper und ignorierte die Tatsache, dass sein Schwanz halb hart war.

Vielleicht war sie auf seiner Couch. Auf keinen Fall würde er so viel Glück haben, sie in seinem Bett vorzufinden. Es spielte keine Rolle. Er könnte sie überall flachlegen und die Anspannung, die sich in seiner Brust aufbaute, lindern. Einen tollen Kuss. Ein wilder Fick. Das würde helfen.

Angezogen und auf dem Weg in die Küche wusste er es, bevor er es sah: Die Küche war leer. Die Couch hätte nicht erbärmlicher aussehen können. Sie war weg.

„Verdammt, Mar." Er schlug mit der Faust gegen die Wand. Sie konnte nicht abhauen. Nicht wenn er sie brauchte. Sich in ihr zu vergraben würde den leeren Schmerz in seiner Seele lindern. Sit-ups waren kein Vergleich dazu, wie gut es sich anfühlen würde, tief in sie einzutauchen. Er wollte hören, wie sie seinen Namen bis zum Abwinken rief und spüren, wie sie tiefe Kratzer auf seinem Rücken hinterließ.

Trace griff nach seinem Handy, ohne ihre neue Nummer zu kennen. Die SMS Benachrichtigung blinkte, seine Aufmerksamkeit fordernd. *Sorry. Ich hätte nicht unangemeldet auftauchen sollen.*

„Zum Teufel mit Entschuldigungen." Er drückte auf die Anruftaste.

Sie meldete sich beim ersten Klingeln. „Hey-"

„Ich war für eine Sekunde weg", knurrte er.

„Und es war nicht richtig von mir, einfach so aufzutauchen."

„Marlena." Er stieß den Atem aus, die Enge in seiner Brust fraß ihn bei lebendigem Leib. „Zwing mich nicht, dich zu verfolgen."

„Warum würdest du das tun?"

„Verdammt, warum nicht?"

Sie stieß einen langen Atemzug aus. „Ich bin nicht allzu weit gekommen."

Er ging an einem Fenster vorbei – und blieb stehen. Ihr Auto war noch nicht aus seiner Ausfahrt gefahren, und da war sie, den Kopf zurückgelegt und das Telefon an ihr Ohr gepresst, so nah, dass er sie in die Arme schließen konnte, bevor sie aufgelegt hatte, wenn sie wollte. „Sieh zu, dass du wieder reinkommst."

„Trace-"

„Mar, zwing mich nicht dich zu holen."

„Ich habe es nicht so mit Befehlen."

Das war Blödsinn. Er erinnerte sich an ihre Nacht im Hotelzimmer. Er hatte den Ausdruck in ihren Augen gesehen, als er ihr gesagt hatte, sie solle auf die Knie gehen, mit ihren Brüsten spielen und sich anfassen. Dieser One-Night-Stand war heiß, selbst Wochen später. Sie hatte die Worte gebraucht und er die Kontrolle und sie hatten zufällig das ineinander gefunden, von dem keiner wusste, dass sie es suchten: eine Erlösung für ihre Geheimnisse, die so tief verborgen waren.

Er stellte sie sich mit geschlossenen Augen vor, wie zarte Finger ihre prallen Titten drückten. Sein Schwanz ging von halb interessiert in Wiederholungsmodus über, nach Erlösung bettelnd. Aber an ihr war mehr als nur ihr Aussehen und das, was sie miteinander getan hatten. Was zwischen ihnen knisterte, war mehr, als er sich allein von guter Chemie hätte erhoffen können.Sie fügten sich ineinander und erfüllten im anderen ein Bedürfnis, dass vielleicht keiner von beiden wirklich selbst verstand. Wie auch immer, es war ihm egal. Er brauchte sie. „Ich bin mir nicht sicher, ob du es einfach gewohnt bist, absolut immer deinen Kopf durchzusetzen, oder ob du eine Heidenangst vor mir hast."

„Weder noch", flüsterte sie.

Seine Hand ballte sich um das Telefon und er starrte sie an, wie sie ihn durch die Windschutzscheibe beobachtete. „Du rennst, wenn ich sage, bleib stehen. Du gehst, wenn ich will, dass du bleibst. Du tauchst auf, wenn ich dich nicht erwarte."

Marlena sah aus dem Fenster und sagte kein Wort.

„Und du lächelst, wenn ich weiß, dass dir eigentlich nicht danach ist."

Ihr Kopf schnellte zurück und ihre Augen trafen sich wieder von ihrem Auto aus. Sie sprach immer noch nicht.

„Als du vorhin angerufen hast, Marlena, habe ich nicht nur seltsam *geklungen*, mir war seltsam *zumute*. Ich bin die Wände hochgegangen. Verdammt." Er atmete ein und konnte seine Lunge nicht tief genug füllen. „Komm rein. Ich brauche dich."

Sie legte auf und die Autotür öffnete sich. Trace hielt den Atem an, bis sie in seinen Armen war, gegen die Wand gelehnt. Seine Lippen waren dicht über ihren. „Warum rennst du vor mir weg?"

„Es fällt mir schwer, anderen zu vertrauen, und – ich vertraue mir selbst nicht."

„Das solltest du aber." Er presste sich an sie.

„Aber ich tue es nicht" Sie wich zurück. „Sieh dich an. Sexy, tätowiert. Ich bin die Schlaue, Stille."

Er kam näher. „Du bist *nicht* still."

Sie errötete, lachte und sah durch ihre Wimpern zu ihm auf. „Dann bin ich nicht mehr in meinem Element."

„Ich bin derjenige, der nicht in seinem Element ist." Er leckte über ihre Unterlippe, so voll und delikat, dass er sie erneut küssen musste. „Dich zu ficken scheint das Einzige zu sein, dass helfen könnte."

Sie nickte und zog an seinem Hemd. Seine Hände waren überall. Glatte Haut, volle Brüste, ein Körper der zum Festhalten gemacht war. Der Himmel in seinen Händen. Das war das Einzige, was seinen verrückten Verstand beruhigte. Aber sie vertraute ihm nicht – oder sich selbst – und alles, was er wollte, war die selbstbewusste, vertrauensvolle Frau, mit der er zuvor geschlafen hatte.

„Als ich ein Fremder für dich war, hast du nichts zurückgehalten. Oder doch?"

Sie drehte ihr Gesicht weg.

Er ergriff ihr Kinn und zwang ihren Blick zurück zu seinem.

„Hast du dich zurückgehalten oder nicht?"

Sie schüttelte den Kopf. „Ich habe mich nicht zurückgehalten."

„Dann halte dich auch jetzt nicht zurück. Kannst du mir das versprechen?"

Ihre Augen wurden rund und sie nickte nicht sehr überzeugend.

„Marlena …"

Ihre Zunge fuhr über ihre rosa Unterlippe. „Ich kann es versuchen."

Alles an ihr war kostbar und süß. Er wollte sie vor dem beschützen, dass sie so verunsicherte, genauso wie er ihre Mauern niederreißen und die wilde Frau zurückholen wollte. „Ich bin mit dem Versuch einverstanden …" Zögerte sie wegen ihm? „Ich will dich. Das weißt du, oder?"

Ihr Kinn hob sich trotzig. „Ja."

Aber ihre leise Stimme verriet sie. Sie war sich nicht sicher…? Trace zupfte an Strähnen hinter ihrem Ohr. „Diese roten Haare. Ich denke immer wieder daran. Und…"

Dann ließ er seine Finger über ihre Wange gleiten. „Diese Lippen, ich will daran saugen und dich küssen."

Ihr Mund öffnete sich und stieß einen zitternden Atemzug aus.

Er strich über ihren Nacken und streichelte ihre Brüste, strich über ihren Bauch und spielte mit dem Verschluss ihrer Hose. „Jedes Mal, wenn ich dich sehe, denke ich an deine Beine, wie sie um mich geschlungen sind."

„Ehrlich?"

Er nickte und genoss ihre Verwandlung von unsicher zu atemlos.

„Vertrau mir, Mar. Wenn du wirklich keine Ahnung hast, wie sexy du bist, zeig ich es dir."

„Trace …" Immer noch an die Wand gepresst, fiel ihr Kopf zur Seite, als er ihre Hose öffnete. Er wandte sich wieder ihren Brüsten zu.

„Ich will die echte Marlena. Das Mädchen aus unserer

Liebesnacht." Er fuhr mit den Fingern über den seidenen Stoff, der über ihre Brust gespannt war. Ihre Brustwarzen richteten sich auf, ihm entgegen. Er kniff in eine bis ihr Kinn nach unten sackte und ihre Augen zur Seite rollten. „Ich brauche sie."

„Ich bin mir nicht sicher, ob ich den Unterschied kenne."

Er zwang ihren Blick, sich auf den Seinen zu konzentrieren. „Natürlich kennst du ihn. Weil es nichts damit zu tun hatte, *was* wir getan haben, sondern *wie* wir es getan haben."

Ihr Gesicht errötete und Trace wusste, dass sie zustimmte.

„Marlena, du warst stark und kraftvoll. Du hast mir genauso viel zurückgegeben, wie ich dir abverlangt habe."

Sie hielt seinen Blick fest und nickte, diesmal jedoch überzeugend. „Das ist wahr."

„Hast du es genossen zu hören, was ich von dir wollte?", fragte er und beugte sich näher.

„Ja." Ihre großen Augen flackerten vor Erregung.

„Du mochtest es, wenn ich dich den Spieß umdrehen ließ und dich nehmen ließ, was du brauchtest."

Ihr herzförmiges Gesicht stimmte mit einem eifrigen Nicken zu.

„Wir müssen keine Fremden sein, damit das wieder passiert." Er lehnte sich zurück und dachte über die gesamte Dynamik nach. „Vielleicht ist es sogar besser, auch wenn wir keine sind."

„Ich bin mir nicht sicher."

„Ich bin sicher, und jetzt wirst du mir vertrauen – weil ich weiß, dass du es willst. Marlena, es ist Zeit dass du dich auszuziehst."

Ihre Augen weiteten sich. „Wie bitte?"

„Zwing mich nicht, diesen perfekten Hintern zu versohlen." Er kam näher. „Ich habe das letzte Mal, als ich ein paar Klapse verteilt habe, viel zu sehr genossen."

Ihre Wangen waren gerötet, und ihre Unterlippe klemmte zwischen ihren Zähnen. Reine Lust strömte von ihr aus, so heiß, dass sie das Zimmer um sie herum zum Schmelzen hätte bringen können. Aber Marlena rührte sich nicht. Ihre Unsicherheit kam nicht zurück. Er wusste nicht, was das war. Das Lippenbeißen – es war nicht niedlich. Eher sexy. Trotzig. Schön und verspielt.

Trace neigte sich näher zu ihr. „Das ist es was du willst, oder?"

Ihre Finger spielten mit dem Saum ihres T-Shirts. „Sagen wir mal, ich bin neugierig." Ihre Brust hob sich mit einem tiefen Atemzug, der seine Aufmerksamkeit auf ihre weichen, üppigen Brüste richtete. „Ich bin…"

Was würde er dafür geben, wenn sie diesen Gedanken zu Ende führte. Zu viel Zeit verging und sie starrte nur.

„Vertraust du mir, dass ich mich um dich kümmere?"

„Ich weiß, dass du das wirst." Sie nickte erneut.

„Du wirst dir bewusst sein, wie sexy du bist, auch wenn ich dich zwingen muss, es zu realisieren."

Ihre Atemzüge eskalierten.

„Ich bringe dich an die Grenze, Mar", flüsterte er. „Ich werde dich immer und immer wieder kommen lassen."

Ihre Lippen öffneten sich, bevor sie flüsterte: „Ja, bitte."

Trace trat einen Schritt zurück. „Zieh dich aus."

Marlena zog sich schnell aus und ihr T-Shirt, Shorts, BH und Tanga lagen innerhalb von Sekunden auf dem Boden, während ihr Blick an seinem klebten.

„Gut." Er legte eine Hand auf ihre Schulter. Sie bekam Gänsehaut von seiner Berührung und dann wirbelte Trace sie herum, bis ihre Brüste gegen die Wand gepresst waren. Er führte seine Handfläche zu ihrem Gesicht und lehnte ihre Wange ebenfalls an die Wand. „Genauso."

„Okay." Ihre Wimpern flatterten.

Er fuhr mit den Händen durch ihr seidiges Haar und ließ sie dann über die Wölbung ihrer Wirbelsäule wandern, bis sie an der Erhebung ihres Hinterns anhielten. Seine aufgestaute Energie, diese Spannung, die ihn Wände einreißen lassen wollte … sie war verschwunden. Trace konnte nichts weiter tun, als seine Hand über ihren Hintern zu streichen und sich auf ihre Bedürfnisse zu konzentrieren.

Sie spähte über ihre Schulter. „Du bist immer noch angezogen."

„Es ist an der Zeit, still zu sein." Seine Finger wanderten über ihre Haut, im Zickzack von einer Pobacke zur anderen.

„Was ist, wenn ich nicht will?"

Klatsch. „Dann passiert das." Seine Fingerspitzen brannten, als er seine Handfläche über die Stelle strich, die er geschlagen hatte. „Ganz ruhig, hübsches Mädchen."

Marlena stöhnte und ihr Hintern wiegte sich.

Er lehnte sich zurück, um ihre Reaktion zu begutachten. „Fühlt sich das gut an?"

Sie warf einen verschlagenen Blick über ihre Schulter, verbunden mit einem Lächeln, wie er es noch nie von ihr gesehen hatte. „Nein."

Sein Blut kochte. Das Brennen und die Hitze seiner Hand reichten bei weitem nicht aus, wenn ihre Augen so tanzten. „Lügnerin."

„Das wirst du vielleicht nie herausfinden."

Er versetzte ihr einen weiteren Klaps. Er hinterließ einen leuchtend roten Fleck auf der anderen Backe. Marlena holte tief Luft, wölbte den Rücken und streckte ihren Hintern heraus, als würde sie um mehr bitten. *Klatsch. Klatsch.*

„Bitte", keuchte sie.

Klatsch.

Sie stöhnte, und seine Erektion wuchs. Seine Brust schmerzte von Atemzügen, die nicht tief genug waren. Sein Verstand schmolz in dem Verlangen zu sehen, wie sie sich vor Lust wand. Trace rieb ihren Hintern und sie presste sich gegen seine Handfläche. Ihr heißes Fleisch und ihre Finger, die sich gegen die Wand spreizten, ließen seinen Schwanz zucken.

Marlenas Kopf fiel zurück, als er ihr einen leichten Klaps gab. „Ich verstehe das nicht."

„Warum dir das gefällt?" Das verstand er verdammt noch mal

auch nicht. Aber es hatte etwas mit dem halben Lächeln zu tun, das in ihr Gesicht trat, nachdem das Brennen nachließ.

Sie nickte. „Ja."

Er hatte nicht erwartet, dass er so reagieren würde. Aber es war, als wäre er auf ihren Körper eingestellt, als wüsste er intuitiv wie er sie wild machte, ohne eine genaue Ahnung zu haben. „Finger zwischen die Beine. Fass dich an."

Sie wechselte die Position langsam, schüchtern, als wäre das, was sie taten noch nicht intim genug gewesen – dann spannte sich ihr Rücken. „Oh. Trace."

„Mmm." Das war genau, was er brauchte und seine Hände tänzelten über ihre rote Pobacke, während sich ihr Rücken wölbte. Sie hob ihren Arsch in die Höhe und bog ihren Rücken zu einer perfekten, cremefarbenen Kurve. Er sah zu, wie ihre Augen sich schlossen, während sie ihren Kitzler rieb.

„Trace…"

„Sag mir Bescheid, wenn du kurz davor bist."

„Ich will dich wieder spüren", bettelte sie.

Trace konnte nicht genug Sauerstoff einatmen, um sich gegen den Würgegriff seiner Erregung zu wehren, aber er gab ihr Klapse und Hiebe auf den Arsch in schneller Abfolge, genauso, wie sie es brauchte. Sie warf den Kopf hin und her als sie stöhnte, und sein aufgerichteter Schwanz drückte schwer in seiner Hose, als sie atemlos keuchte.

„Ich bin so nah dran." Sie atmete schwer. „Oh Gott, bitte hilf mir."

Er schüttelte den Kopf. „Sag mir, wenn du noch kürzer davor bist."

„Das bin ich!"

Klatsch. „Wenn du fällst."

Er sah ihr zu wie sie an der Wand vor und zurück schaukelte, das ausführend, was er ihr befohlen hatte und trat näher heran, seine Hände über ihren Körper tastend. Was immer sie um ihr

Selbstbewusstsein gebracht hatte, er würde sicherstellen, dass es sie jetzt nicht beeinträchtigen würde. Sie konnte in der Welt da draußen sein, wer sie wollte, aber wenn es um sie beide ging, musste sie roh und echt sein.

Ihre Schultern spannten sich an. Ihre Beine zitterten, als sie sich auf ihre Zehenspitzen schob und süße kleine Laute fielen von ihren bebenden Lippen. „Ich falle. Oh Gott, Trace. Ich werde-"

Er schlug sie hart, und ohne das Brennen zu lindern schob er seine andere Hand zwischen ihre Beine. Seine Finger krümmten sich tief in ihre feuchte Spalte und Marlena schrie seinen Namen, bäumte sich auf seiner Hand auf, als er sie an der Wand fixierte und sie die Welle ihres Orgasmus reiten ließ, mit ihrer und seiner Hand zwischen ihren Beinen.

Endlich konnte er atmen. Die Unruhe, die ihn seit seiner Rückkehr plagte, ließ nach als er sich vorstellte, wie er in sie hineinstoßen würde, bis sie noch einmal kam.

„Danke." Marlenas Stimme brach, als sie sich in seinen Armen drehte und ihn küsste, und verdammt, vielleicht weinte sie sogar. Er wusste es nicht. Die Gefühle, die aus ihr herausströmten, waren so intensiv wie der Orgasmus. Ihre Arme schlangen sich um seinen Hals und klammerten sich fest, als könne er sonst verschwinden. „Verlass mich nicht. Nicht jetzt."

„Keine Sorge." Er küsste sie auf den Scheitel und drückte sie fest an sein Herz. „Ich bin noch lange nicht fertig mit dir."

KAPITEL ZEHN

DIE KARGE WOHNUNG war klein. Er brauchte nur ein paar Schritte, um sie in sein Bett zu befördern. Er hatte seine Kleidung abgelegt, ein Kondom war in der Hand und sie waren unter der Decke in einem hitzigen Gewirr von Armen und Beinen. Seine Lippen waren auf ihrem Hals, ihre Nägel kratzten über seinen Rücken.

Es fühlte sich gut an, sie hier zu haben, auch wenn er nicht vorhatte, den Ort lange zu nutzen.

„Ich möchte es wissen." Sie biss in sein Ohrläppchen. „Sag mir, welcher Dämon dich plagt."

Die Worte brachten alles zum Stillstand. Erstarrt in ihren Armen hatte er seine Dämonen für ein paar Minuten vergessen, und das war der Sinn des Ganzen. „So funktioniert dieses Spiel nicht."

„Ich will für dich da sein."

Er zog sich zurück. „Warum?"

„Du verdienst es."

„Ha. Blödsinn." Er widmete sich wieder ihrem Hals, aber sie nahm sein Gesicht in ihre Hände. Trace sagte: „Im Ernst, Marlena, wenden wir uns dem zu, was wir gut können."

Ihre Miene entgleiste für einen Moment, aber Entschlossenheit erhellte ihr Gesicht. „Sag es mir."

Oh, Mann. Das war nicht die Richtung, die er einschlagen wollte. Es war zu dunkel, zu zornig. *Scheiß auf die Welt.* Außer, wenn er sie im Arm hatte.

„Trace?"

Okay. Sie könnte wissen, warum er sich wie ein eingesperrtes Tier fühlte. „Ich bin ein Stück Scheiße, der seinen Bruder im Stich gelassen hat. Und der sein SEAL-Team im Stich gelassen hat."

Sie schüttelte den Kopf. „Das glaube ich dir nicht."

„Glaube es ruhig. Ich bin wütend, weil ich festgesetzt wurde. Ich kann nicht nach Übersee gehen, bis Delta grünes Licht bekommt, seine Schatteneinsätze wiederaufzunehmen."

„Ich verstehe das nicht."

„Da gibt es nicht viel zu verstehen. Ich existiere nicht. Ich lebe nicht an einem Ort oder tue eine bestimmte Sache. Wenn wir nicht gerade Aufträge ausführen, zu denen sich niemand bekennen will, habe ich meine persönliche Mission im Leben. Da hast du es." *Scheiße, Mann.* Sein Herz raste, er konnte nicht atmen. „Und das Einzige, was mich davon abgehalten hat, den Verstand zu verlieren, bist du. Im Bett."

Sie biss sich auf die Lippe und sah weg. Als ihr Blick sich ihm wieder zuwandte, ließ dessen Intensität seine Brust anschwellen.

„Nimm mich, bis du alles vergessen hast, was du vergessen musst."

Scheiße, das war nicht der einzige Grund. „Nein, es ist nicht-"

„Trace-"

„Nein. Nur..." Er musste raus aus dem Bett und raus aus diesem Haus. Warum zum Teufel glaubte er, dass er das schaffen könnte? Er hatte sie nicht verdient und er musste töten. Verstümmeln. Die Welt einreißen bis er sich wieder normal fühlte.

Sie packte seinen Ellbogen und hielt ihn fest.

„Marlena." Verdammt, sie musste loslassen. „Mar. Es reicht."

„Du brauchst das. Du musst. Du drehst durch. Ich sehe es."

„Na und?", röhrte er.

Sie musste sich raushalten, aber er sah sie an und sie hatte nicht mal gezuckt. Blut rauschte in seinen Adern. Energie, Sorge und Vorfreude ließen ihn verdummen. Er konnte nicht damit umgehen. Es war zu viel und er wusste nicht, warum er überhaupt darüber nachdachte … außer, dass er sie halten wollte. Sie küssen. Sie bis zu Erschöpfung ficken und überall nach Zucker zu riechen.

„Trace." Ihre Stimme war leise, aber nicht kleinlaut. Sie war selbstbewusst und lockend. „Wenn es das ist was du brauchst … Du und ich, in diesem Bett, bis du dich besser fühlst."

„Warum?" Seine Brust war angespannt, er schüttelte den Kopf.

„Wenn du nicht sagen willst warum, lass mich dir wenigstens auf diese Weise helfen."

„Warum?" Engbrüstig zog er sich von ihr zurück und wollte auf die Wand einschlagen. „Einfach, nein. Du machst eine zu große Sache daraus. Das hier ist Spaß. Das mit uns ist Spaß. Und das ist alles."

Schweiß prickelte auf seinen Schulterblättern und schließlich verdunkelte sich Marlenas Gesicht. Er hatte gesagt, was er hatte sagen müssen, um das Gespräch zu beenden.

„Es tut mir leid was immer es ist, dass dich so verletzt hat"

„Sag das nicht." Sein Kopf senkte sich. Blöd nur, dass das alles war, was es brauchte. Eine Entschuldigung. „Mein Bruder." Gott, es tat weh, das laut auszusprechen. Er versuchte zu schlucken und konnte nicht. Das Brennen in seinen Augen war fürchterlich. „Mein *Zwillingsbruder* wurde von Aufständischen getötet. Von seinem Körper war nicht mehr viel übrig. Er brannte, aber langsam. Er hat wahrscheinlich gelitten." Trace verschluckte sich an dem Gedanken und wünschte, er wäre es gewesen, nicht Michael. „Danach hat niemand seine Erkennungsmarken gefunden. Er war nicht auf Mission. Sie haben Transporte … zwischen." Er holte tief Luft und schloss die Augen. „Ich will sie zurück."

Er ließ sich zurück auf das Kissen fallen. Sich besser zu fühlen war nicht das Problem. Das würde sowieso nie passieren. Aber es laut auszusprechen … Er schüttelte den Kopf. Darüber reden half gar nicht. Er würde es nicht zulassen.

„Wenn du sie findest, was wirst du dann tun?"

Trace drehte den Kopf. „Was?"

Sie hob eine nackte Schulter. „Was wirst du mit ihnen machen?"

Tief und sarkastisch lachend grub er sich in ein Kissen. „Solltest du mir nicht besser erklären, dass es noch Millionen Meilen von Wüste zu durchkämmen gibt und ich diese Marken nie finden werde?"

Sie neigte den Kopf. „Ist es das, was die Leute sagen?"

„Mehr oder weniger." Denn selbst wenn die Leute es nicht aussprachen, konnte er sehen, dass sie es dachten.

Marlena nahm seine Hand in ihre und küsste seine Handfläche. Dieselbe Handfläche, die sie versohlt hatte, bis sie kam. Ihre Zunge wanderte über die Linien auf seiner Haut und hüpfte zu seinen Fingern. Sie ballte seine Hand zur Faust und küsste seine Knöchel. „Du bist ein starker Mann und ich denke, dass der Schmerz vielleicht eines Tages weniger wird, wenn du ihn teilst."

Nein, nein, nein. Das wollte er nicht hören.

Als er sich zurückzog, kam er nicht weit. Ihre Lippen pressten sich auf seine, ihre nackten Brüste wiegten sich und kitzelten seine Brust. Ihre Lippen waren träge und langsam. Sein Mund öffnete sich und ihre Zungen schlangen sich umeinander. Marlena setzte sich rittlings auf seine Schenkel. Sie nahm sein Gesicht in ihre Hände und wiegte ihre Hüften, während sie den Kuss vertiefte.

„Mar. Nein." Das wurde zu ernst. Er musste raus.

„Halt die Klappe, Trace." Ihre Hand löste sich von seiner Wange und schob das Kondom, das er auf die Matratze geworfen hatte, in seine Reichweite.

Er nickte, hielt die Klappe und hatte es sich mit einem raschen Aufreißen und Abrollen übergezogen. Er sah zu, wie sie sich über ihn erhob und über seiner Schwanzspitze verharrte und ihn neckte. Er erlitt tausend Qualen, als ihre süße Muschi ihn aufnahm.

„Fick mich, Marlena." Weil er nicht denken konnte.

Lachend wiegte sie die Hüften. „Das war der Plan."

Eng und feucht. Das war alles worauf er sich konzentrieren konnte. Ihre Augen sanken herab, wenn sie sich wiegte. Ihre vollen

Brüste bewegten sich mit jeder ihrer Bewegungen, steife Brustwarzen hypnotisierten ihn, bis er es nicht mehr aushielt. Er saugte die Kirschspitzen in seinen Mund und schmeckte den Himmel und Zucker.

Ihre Hände schlängelten sich in sein Haar, zogen am Ansatz und ließen seine Kopfhaut brennen, während sie ihn lange und tief ritt. Es war ein Widerspruch. Sie war ein wandelnder, redender, fickender Widerspruch. Vorlaut, frech und bereit, sich ihm zu unterwerfen. Aufdringlich und sich doch genau bewusst, was nötig war, um ihn dazu zu bringen, seine Geheimnisse zu verraten, aber dann den Schmerz sanft wegzubumsen.

Verdammt, in so ein Mädchen könnte er sich verlieben. Wenn er die Art Mann wäre.

„Trace", stöhnte sie.

Und er liebte es, wie sie seinen Namen aussprach. Wie sich ein Feuer an der Wurzel seines Schwanzes ausbreitete, seine Eier zusammenzog, ihn zum Kommen drängte, während er ihren Namen rief und sie fest an sich zog. Seine Hände fanden ihre Hüften. Sie wiegte sich härter, schneller und tiefer. Marlena bettelte und flehte um Erleichterung, und er stieß hart zu und ließ sie auf seinem Schwanz kommen. Die Frau wurde zu einem Feuerwerk – Schultern zurück, Brüste hüpften, Mund auf und sie nannte ihn einen Gott. Trace kam mit ihr, stöhnend in seiner eigenen Befriedigung und zog sie fest in seine Arme.

Sie blieben für eine Ewigkeit ineinander verschlungen. Gelassenheit flutete seinen Verstand. Ihr Herzschlag pochte gegen ihn, während die allgegenwärtige Schuld, mit der er zu leben versuchte, ihm eine Verschnaufpause gewährte.

Sie küsste ihn keusch und verließ ihn dann ohne ein Wort. Als er hörte, wie sich die Badezimmertür auf dem Flur schloss, rollte er sich in ein Kissen, bereit, seinen Kopf zu vergraben und all die zornigen Gefühle aufzustöbern, an denen er festgehalten hatte. Aber der Duft von Zucker auf dem Kissenbezug verführte ihn. Er atmete tief ein. Der Zorn war gebannt.

Marlena war, was er brauchte, um die Ruhepausen bei Delta zu überstehen…Er schloss die Augen und dachte darüber nach, wie ihre Berührung ihn beruhigte.

Er öffnete die Augen, als er sie an der Tür hörte. *Was?*

Sie stand da. Angezogen. Vollständig, inklusive Schuhen und Handtasche über der Schulter. „Ich sollte mich auf den Weg machen."

Er war sprachlos. Und dann noch einmal so sprachlos wegen der maßlosen Enttäuschung, die in seiner Brust brannte. Sie ließ ihn wieder sitzen. *Schon wieder.* Zugegeben, diesmal mit Ansage, aber es war trotzdem nicht richtig. „In Ordnung."

Sie drehte sich auf dem Absatz um, winkte über ihre Schulter und ließ ihn allein. Trace ließ sich wieder ins Bett fallen und schlug mit dem Gesicht auf ein nach Zucker duftendes Kissen. Alles stürzte wieder auf ihn ein, aber dieses Mal schmerzte es noch mehr.

KAPITEL ELF

DAS GASPEDAL WAR so weit durchgetreten, wie Marlena es gerade noch ertragen konnte. Die Interstate hinunterzurasen half nicht gegen die Knoten im Magen und vom Starren auf die gestrichelte weiße Linie würde ihr schwindelig werden, wenn sie nicht bald anhielt. Was zum Teufel war da gerade passiert? Zu viel, um es aufzuzählen. Sie hatte den Psychiater für den armen Kerl gespielt und ihn praktisch in einen Gefühlsstrudel getrieben. Dann hatte sie mit ihm geschlafen, um all die Scherben wieder aufzusammeln und zusammenzufügen.

Aber schon vorher, als er verlangte, dass sie gehorcht … tat sie es. Und sie hatte es gemocht. Geliebt. Eine heiße Welle von Begehren überflutete sie. Es war unglaublich, die Kontrolle einem Mann zu überlassen, der wusste, wie man damit umgeht. Und er hatte es genossen. Es war alles zu ihrem Vorteil gewesen und es war befreiend. Ihr Selbstbewusstsein hatte völlig neue Höhen erreicht.

Trace hatte ihr einen Gefallen getan. Es pulsierte zwischen ihren Beinen als darüber nachdachte, wie sie gekommen war und was sie getan hatte.

Aber … dann war sie weggerannt. Jeder Gedanke, den sie hatte, jede Minute des Genusses wurde unterbrochen, damit sie nach Hause konnte. Er hatte ihr das Gefühl gegeben, gewollt zu sein, also rannte sie davon. Wissenschaft und Technik verstand sie, aber Beziehungen? Gefühle? Darin war sie nicht gut. Wie konnte sie ihren Gefühlen vertrauen, wenn sich die netten Jungs nie als die wirklich netten Jungs herausstellten?

Nun ja, *verdammt*. Trace war nicht nett. In gewisser Weise war er kaputt. Rau. Hart. Ein knallharter tätowierter Mann. Er war alles, wovon sie jemals träumen konnte, ein Held, der sie gerettet hatte. Dann war da noch der verrückte, überwältigende Sex.

Nicht, dass er um eine Beziehung gebeten hätte. Eigentlich war es das genaue Gegenteil gewesen, aber in ihrem Herzen war sie dabei, sich in ihn zu verlieben. Obwohl er sich für einen hoffnungslosen Fall ausgab, wusste sie doch, dass sie es war, die nicht gut genug für ihn war.

Hör auf!

Mar holte Luft und versuchte, die Abwärtsspirale zu vermeiden. Ihr Telefon klingelte, und sie kramte es hervor, während sie auf die Interstate fuhr. Sie warf einen kurzen Blick auf die Anruferkennung. Sie hätte es sich denken können. Trace hätte sie auf keinen Fall einfach so davonkommen lassen.

„Was? Hast du eine böse Stiefmutter, die das Sagen hat, Aschenputtel? Musst du zu einer bestimmten Zeit zu Hause sein?"

Sie krümmte sich. „Nein."

„Verwandelst du dich in einen Kürbis? Verpuffst du in eine Art Troll?"

„Klappt diese Art der Befragung bei den meisten Mädchen, oder ist das etwas Neues, das du an mir ausprobierst?"

Er knurrte. „Warum haust du immer wieder ab?"

„Warum spielt das eine Rolle?"

Er schwieg, während sie einen Meilenstein passierte. „Ich vermute aus dem gleichen Grund, aus dem du wissen wolltest, was mich quält."

Sie hätte das niemals tun sollen. „Ich weiß nicht, warum ich dich dazu getrieben habe. Es tut mir leid."

„Du entschuldigst dich oft."

„Tu ich nicht –"

„Ha."

Er hatte recht. „Ich glaube, ich entschuldige mich nur bei dir."

„Sag mir, warum Romatar dich entführt hat oder warum du vor mir weggerannt bist." Trace blies in das Telefon. „Erzähl mir irgendetwas."

Wusste er nicht, dass sie sich immer mehr in ihn verliebte, je mehr er sagte? „Wenn ich es dir erzähle, müsste ich dich töten."

Traces leises Gelächter kitzelte ihr Ohr. „Versuche es doch einmal. Das würde ich gern sehen."

Gott, sie auch. Es wäre eine gute Ausrede, wieder über seinen ganzen Körper zu kriechen.

„Ich warte."

„Dir irgendetwas erzählen..." Sie seufzte. „Ich hatte noch nie ein One-Night-Stand vor dir."

„Hast du welche nach mir gehabt?"

„Um Gottes Willen, nein!" Sie lachte und fühlte sich etwas besser. „Du bist schrecklich."

„Also warum hast du? Und die Sache mit dem Namen? Ich kapiere das nicht. Ich kapiere rein gar nichts an dir. Ich habe noch nie jemanden so...komplizierten getroffen."

„Kompliziert?" Sie stöhnte ins Telefon und hätte den Kopf auf das Lenkrad gehauen, wenn das nicht dazu geführt hätte, dass sie von der Straße abkommen und in einem schrecklichen Unfall sterben würde.

„Okay, kompliziert ist falsch. Wie wäre es mit ... komplex?"

„Erm-"

„Okay, schon wieder falsch. Vielleicht klingt das ja wirklich nicht besser. Mist. Ich will dich kennenlernen. Du ergibst keinen Sinn und ich will unbedingt herausfinden, warum."

„Okay." Sie verließ den Highway. „Man hat mir tausendmal mal gesagt, dass ich Ärger bekommen werde. Dass die Sicherheitsüberprüfungen einen Scheiß nützen, um mich abzusichern und dass sie mich als billige, clevere Arbeitskraft missbraucht haben. Mein Job macht mir Angst, ich bin in der Schule überfordert, weil ich nicht hinterherkomme, und ich fühle mich... unbehaglich, wegen meines

Vaters."

„Erkläre mir *unbehaglich* genauer, Aschenputtel." Seine Stimme knurrte leise.

Sie drückte ihren Kopf zurück in die Stütze, während sie auf die Abbiegespur für ihre Wohngegend wechselte. „Er ist ein Arschloch. Er heißt Brian. Er hasst mich dafür, dass ich intelligent bin. Meine Mutter starb bei einem Autounfall und er gab mir die Schuld. Ich weiß nicht warum. Aber irgendwann begann er mir einzurichten, dass alles was ich mache falsch ist, und irgendwann begann ich ihm zu glauben."

„Brian klingt wie ein Scheißkerl."

Sie lächelte. „Das ist er."

„Dir ist schon klar, dass alles was er sagt Blödsinn ist, oder? Schwache Menschen brauchen es, andere runterzubringen, damit sie sich selbst nicht so klein und einsam fühlen auf dem Boden ihres Scheißhaufens."

„Ich bin von Natur aus eine kaputte Persönlichkeit. Nicht so stark, wie ich sein möchte."

„Nichts, was ich an dir gesehen habe, ist kaputt. Glaube mir, Mar."

Sie lachte traurig. „Ich glaube nicht, dass du mein wahres Ich gesehen hast."

„Falsch. Ich glaube, ich bin die einzige Person, die dein wahres Gesicht gesehen hat."

Mein Gott, er hatte recht. Es tat weh, das zuzugeben. Und er würde nicht bei ihr sein. Das hatte er ihr versprochen. Doch mit jeder Sekunde wurde sie weiter in den Gefühlsstrudel gezogen, dem sie nicht entkommen konnte. Marlena bog in ihre Einfahrt ein. „Trace?"

„Ja, Baby?"

Sogar die Lässigkeit in seiner Stimme tat ihr weh. „Wir können das nicht machen. Ich kann nicht unangekündigt auftauchen, und du kannst mich nicht dazu bringen, deinen Namen zu schreien."

Tränen liefen über ihre Wangen. Falsches Selbstbewusstsein, Selbsterhaltung? Wer wusste schon was es war? Aber es war überfällig. „Ich kann es nicht und es tut mir leid."

„Wie bitte?" Wut strahlte durch das Telefon.

„Ich verliebe mich in dich. Ich kann nicht mal atmen vor lauter Verlangen, dass du mich küsst. Mich hältst." Sie konnte nicht glauben, dass sie das laut ausgesprochen hatte. „Und keiner von uns kann diese Bürde gebrauchen. Es tut mir leid, Trace."

Sie legte auf und ließ den Tränen freien Lauf.

WAS ZUR HÖLLE? Was konnte irritierender sein als Marlena McCloud? Sie war in ihn verliebt? Auf keinen Fall. Erstens, wie könnte sich jemand in einen Mann verlieben, der sich weigerte, ein normales Leben zu führen? Zweitens, was zum Teufel hat sie gerade getan? Ihre kleine…Partnerschaft beendet, nachdem sie *wieder* vor ihm abgehauen war?

Die Wände schlossen sich wieder enger um ihn herum, genau wie vor ihrer Ankunft. Delta glaubte, er war nur eine schlechte Nachricht entfernt von einem Nervenzusammenbruch und vielleicht hatten sie recht. Er war aus seinem SEAL- Team rausgeflogen. So wie es sich in seinem Kopf momentan drehte, wären Delta die nächsten und dann hätte er weder Mittel noch Wege an Michaels Erkennungsmarken zu kommen.

Nein. Zur Hölle damit. Trace wollte Blut. Er brauchte es. Das war es, was ihn über Michaels Tod hinwegkommen lassen würde, über den Schmerz sein SEAL- Team zu verlieren und über das Unbehagen, das ihm Schmerzen in der Brust bereitete, weil er wusste, dass Marlena nicht da sein würde, wenn er zu Hause war.

Nein, nicht zu Hause. *Festgesetzt.* Denn sobald er grünes Licht hatte, würde er fort sein und er würde nicht zurückblicken. Auf keinen Fall. Nach Zucker duftende Laken konnten ihn nicht zurückhalten.

Und doch konnten sie es. *Verdammt.* Er schrubbte sein Gesicht. *Erkennungsmarken. Konzentriere dich auf die Marken.* Sein Zwilling war tot und er lebte. Sie hatten eine Beerdigung gehabt. Symbolik und Ehre waren vorhanden gewesen. Aber diese Marken waren immer noch in Übersee, in den Händen von Terroristen und diese Respektlosigkeit machte ihn wütend.

Vergeltung. Abrechnung. Das war der einzige Weg.

Und allein, in der klaustrophobischen Enge seines provisorischen Hauses, erkannte er die Wahrheit. Solange er in einem Haus festsaß, würden diese Marken niemals nach Hause kommen. Und bis er sie hatte, würde er in einem beständigen Panikzustand sein. Die Marken hatten Symbolwert, und wenn er sie gefunden hatte, würde die tief verwurzelte Schuld nachlassen.

Hätte Michael sich verpflichtet, wenn Trace nicht mitgemacht hätte? Vielleicht hätten sie sich nicht für die Spezialeinheit bewerben sollen. Aber er hatte gewusst, dass sein Bruder ein großartiger Soldat sein würde. Wahrscheinlich ein besserer als Trace.

Nun hielt er sein Handy in seiner Hand, hatte gerade das Gespräch mit einer verrückten Frau beendet und er fühlte ein nagendes, aufwühlendes Brennen, dass er nicht erklären konnte. Es durchzuckte ihn so tief wie das Wissen, dass Michael etwas anderes hätte tun sollen, um dem Land, das sie beide mehr liebten als ihr eigenes Leben, Ehre zu erweisen.

Aber er wusste nicht, wie er sich Marlena erklären sollte. Das einzige, was er wusste, war, dass nicht aller guten Dinge drei waren. Sie hatte ihn versetzt, war abgehauen und hatte dann aufgelegt. Das war es für ihn.

Außer, dass sein Daumen auf Wahlwiederholung drückte. Der Anruf wurde direkt zur Mailbox geleitet.

Bitte nicht. Das durfte einfach nicht wahr sein. Noch zwei Versuche, sie ließ wieder die Mailbox drangehen. Das war gerade genug Zeit, um die Schlüssel für sein Auto zu holen und loszufahren. Wenn sie schon so einen Blödsinn, wie *dass sie sich in ihn verliebte*, sagen wollte, dann sollte sie ihm das ins Gesicht sagen und er könnte ihr dann ganz genau erklären, warum das keine gute Idee war. Die Meilen flogen vorüber als er den Highway entlang raste. In weniger als fünf Minuten war er bei ihrer Wohnung und er hatte immer noch keinen Grund gefunden, warum sie sich von ihm fernhalten sollte. *Verdammt.*

KAPITEL ZWÖLF

E S WAR AM einfachsten gewesen, ihr Telefon einfach im Auto zu lassen. Auf diese Weise wäre die Versuchung geringer, die Anrufe von Trace anzunehmen. Sie zog sich aus, während sie zum Badezimmer ging, und drehte das Wasser auf, so heiß wie sie es aushalten konnte. Sie griff nach ihrem iPod, steckte ihn in die Dockingstation und ließ die Musik durch das Badezimmer strömen.

Der schützende Kokon aus Wasser hüllte sie ein. Die Duschlautsprecher wirbelten die Musik mit dem Dampf herein. Sie sank nieder, saß auf dem Boden und ließ alles auf sich niederprasseln. Marlena drehte den Hahn an der Wanne, um sie mit Wasser zu füllen.

Trace war nicht der einzige Grund, warum sie froh war, dass ihr Telefon im Auto war. Seit sie wieder ein funktionierendes Handy hatte, hatten Freunde angerufen und sie gefragt, ob sie ausgehen wolle. Ohne nachzudenken war die automatische Antwort ‚Nein' gewesen. Jedes Mal. Ihre Entführung hatte sie zu einem Stubenhocker gemacht. Zuhause war es bequem. Sicher. Kein Parkplatz, wo sie zur leichten Beute für Entführer werden konnte. Die vier Wände waren fast beruhigend.

Sie drehte das Wasser ab, zufrieden damit, ein Bad zu nehmen. Seufzend öffnete sie die Augen.

Trace war hier, in ihrem Badezimmer – sie konnte ihn durch den halbdurchsichtigen Duschvorhang sehen. Er hatte ein T-Shirt, Jeans und einen Körper, der sie sofort anmachte.

„Hey!" Sie bedeckte ihre Brüste mit den Händen, was absurd

war, weil er bereits jeden Zentimeter ihres nackten Körpers gesehen hatte. Verdammt, und nicht nur das, sondern ihn auch geküsst. „Was machst du-?"

„Auf keinen Fall, Aschenputtel. Auf keinen Fall kannst du so etwas sagen und dann auflegen."

Sie zuckte die Achseln und sah zu, wie er sein Hemd auszog. Die Hitze in ihrem Körper verstärkte sich. „Trace-"

„Du bist dabei dich in mich zu verlieben?"

„Vielleicht."

„Keine Rückzieher."

„Dann ja. Und deshalb solltest du jetzt gehen." Weil sie ihn, wenn er es nicht tat, zu sich in die Wanne ziehen würde. Und sich dann noch mehr verlieben.

„Das ist nicht sehr schlau."

„Was du nicht sagst." Sie griff nach einem Luffa Schwamm und warf ihn nach ihm.

Er hatte ihre Musik abgeschaltet und legte seinen Gürtel ab. „Ich habe meine eigenen Probleme."

„Diese Wanne ist nicht groß genug für uns beide. Du solltest deine Klamotten anbehalten."

„Du kannst ja kaum atmen." Er ließ den Gürtel auf den Boden fallen. „Und ich kann einfach nicht weg bleiben."

Sie zuckte mit den Schultern. „Wir haben guten Sex."

„Großartigen Sex."

„Großartigen Sex." Ihre Klitoris pulsierte, wohl wissend wie nahe er war. „Das ändert nichts an der Tatsache, dass es eine kleine Wanne ist."

Er ließ seine Hose fallen und stellte sich vor sie, vollständig aufgerichtet, mit dem langen, festen Schaft in seiner starken Hand. Sein wunderschöner Körper ragte auf, so nahe, dass sie schauderte. Seine Schenkel waren definiert. Seit wann war das überhaupt ein sexy Körperteil? All diese Muskeln machten ihn zu einem Kraftpaket. Er konnte führen und stoßen. Ihre Beine konnten sich um seinen harten Körper klammern, und sich so anfühlen, als ob sie dort hingehörten.

Trace hob sie aus der Wanne und sie fühlte sich so leicht, wie das Handtuch, in das sie gewickelt war. Seine rauen Hände trockneten sie hastig ab, betasteten sie, massierten ihren Köper mehr als dass sie das Wasser aufsaugten.

„Die sexieste Sache, die ich je berührt habe," knurrte er in ihr Ohr, als das Handtuch auf den Boden fiel.

Er griff nach seiner Brieftasche, fand ein Kondom und zog es über. Als er sie wieder hochhob, als wäre sie Luft im dampfenden Badezimmer, drückte er sie gegen die Tür. Handtücher hingen hinter ihr, Trace stand vor ihr und ihre Arme schlossen sich um seinen Hals. Sein Schwanz presste sich gegen ihren Eingang. Sie war noch empfindlich und es schmerzte und doch wollte sie mehr als nur Geplänkel, wenn sie daran dachte, wie er gerade erst in ihr gewesen war und sie zum Stöhnen und Kommen gebracht hatte.

„Mar, du bist das Einzige, was meinen Kopf freimacht."

Sie nickte. „Das geht mir auch so."

Ihre Lippen fanden seinen Hals und sie wiegte ihre Hüften. Trace schob sich stoßend in sie und ihre Gedanken beruhigten sich. Jeder schmerzende Muskel erinnerte sich daran, wie er sich in ihr anfühlte. Sie verschränkte ihre Beine hinter ihm und biss ihm in die Schulter, während sie ihm bei jedem seiner Stöße auf halbem Weg begegnete.

„Verdammt, Mädchen."

„Härter. Bitte."

Er stieß in sie, tief und zerstörerisch. Der Orgasmus baute sich auf, während sie sich an seinen Körper klammerte. Sein Name kam stöhnend aus ihrem Mund. Das Geräusch von Fleisch, das gegen Fleisch schlug, im feuchten Badezimmer, gepaart mit der Intensität seines Köpers, der sich in ihren drängte, ließ sie über die Klippe stürzen. Sie kam hart, und auf dem Höhepunkt fühlte sie, wie das Zucken ihrer inneren Muskeln ihn dazu brachte, mit ihr zusammen zu kommen.

Er kam, sich anspannend. Stöhnend. Sie gegen die Wand nagelnd, ihren Namen in ihr Ohr rufend, ihr Ohrläppchen zwischen seinen Zähnen.

Ihre mühsamen Atemzüge verstrickten sich zu einem lang anhaltenden Kuss. Sie wurde schlaff, und er hielt sie in seinen Armen und ließ sie in seinem schützenden Griff verweilen.

„Du solltest wissen…" Sein Gesicht war nur Zentimeter entfernt. „Dass ich mich auch in dich verliebt habe."

TRACE KNIFF SEINE Augen zusammen, er genoss das Gewicht ihres Körpers in seinen Armen. „Aber ich bin ein hoffnungsloser Fall."

Ihr Gesicht wurde ernst und er wollte sich selbst in den Hintern treten. Aber es war die Wahrheit. Sie richtig zu behandeln hieß auch, ihr nichts vorzumachen.

„Es tut mir wirklich leid, Mar. Es ist nur… ich bin beschädigte Ware."

Sie lachte. Der sarkastische Ton hallte im Badezimmer wider. „Unglaublich."

„Was?"

Sie befreite sich aus seinen Armen und wickelte sich in einen lila Bademantel, der genauso weich aussah wie sie. „Wenn es nicht das eine Extrem ist, ist es das andere. Mein Vater hat immer gesagt, niemand würde sich so weit herablassen, um mit mir zusammen zu sein. Ich sei es nicht wert. Ich habe es wirklich satt, dass Leute mich definieren und meine Entscheidungen für mich treffen."

„Ich treffe keine Entscheidung für dich."

„Nein. Du sagst mir nur, was keine Option ist. Dasselbe in Grün."

Er neigte den Kopf zurück, starrte an die Decke und fühlte sich wie ein Arschloch. „Schau…"

„Ich schaue." Sie bürstete ihre Haare und starrte ihn in dem beschlagenen Spiegel an. Diese Lässigkeit brachte ihn um. „Lass mich dir etwas über mich erzählen. Ich habe mir einen falschen Namen zugelegt, weil ich an einem geheimen Projekt gearbeitet habe und ich sonst keine Ahnung hatte, wie ich mich schützen könnte." Sie zuckte die Achseln. „Ich meine, ich könnte mit einer Waffe herumlaufen."

„Du hast eine Waffe?"

„Nein."

„Ich verstehe das nicht."

Sie sackte gegen das Waschbecken. „Ich habe einen Artikel über biologische Waffen geschrieben, der von einer Zeitschrift aufgenommen wurde. Eine Super-Spezial-Regierungsperson hat ihn gesehen und mich überredet, mit ihnen zusammenzuarbeiten. Ich habe mich so ... klug gefühlt. Sie haben davon profitiert. Von mir. Das Ganze macht mir Angst. Bevor ich entführt wurde, sah ich schon, wie angreifbar ich war. Es war ihnen egal. Niemand kümmerte sich darum. Außer meinem blöden Vater, der lachte und sagte, meine Intelligenz würde mich noch umbringen. Er sagte, ich sei schwach."

Ein Felsbrocken stieg in seiner Kehle auf. „Ich würde dich nie schwach nennen."

„Aber du gibst mir Märchennamen, weil ich –"

Er schüttelte den Kopf. „Weil du mich verlässt, wenn ich es am wenigsten will."

Sie zog sich in sich zusammen. „Das glaube ich dir nicht."

„Das ist dein Problem."

Ihr Spiegelbild sah ihn finster an.

Er fuhr fort: „Ich denke, du versuchst so sehr, den Schaden, den dein Vater verursacht hat, wieder gut zu machen und dich selbst zu überzeugen, dass du stark bist, dass du dabei übersehen hast wie großartig du bist."

Marlena spöttelte. „Wer von uns ist jetzt verrückt?"

„Warum bist du mit mir in mein Hotelzimmer in Deutschland gegangen?"

Sie runzelte die Stirn. „Weil du scharf bist."

Das brachte ihn zum Lächeln, aber es war nicht die Wahrheit. Zumindest nicht die ganze Wahrheit. „Sag es mir."

Sie spielte mit ihren Haaren, band sie, strich sie glatt und ließ sie wieder offen.

„Marlena?"

„Ich wollte nur …" Sie verdrehte die Augen. „Mich begehrt fühlen. Ich wollte wissen, ob ich wirklich so schrecklich bin."

„Und was hast du herausgefunden?"

Sie drehte sich um und sah durch ihre Wimpern auf. „Nicht so schrecklich, glaube ich."

„Mädel, du bist zum Leben erweckt worden wie nichts, was ich jemals zuvor gesehen habe." Er schüttelte seinen Kopf, immer noch splitternackt, und sein Schwanz zuckte beim Gedanken an diese Nacht. „Wenn mich jemand dazu bringen könnte, normal zu sein, dann bist du es. Ich glaube nicht, dass ich jemals so sehr ich selbst war, wie wenn ich in dir war."

„Verdammt, Trace." Sie schnappte sich ein Handtuch und warf es ihm zu. „Sag das nicht. Hör auf, die Gründe zu nennen, warum wir funktionieren, um dann nein zu sagen. Ich habe dich schon verlassen. Du bist derjenige, der mir weh tut. Du bist derjenige, der mit mir spielt. Es ist egoistisch. Verstehst du? Zieh deinen Kopf aus dem Sand oder hau ab."

Sie stürmte hinaus und schlug die Tür zu. Sie prallte von der Wand zurück und er blieb in ihrem Badezimmer zurück, ihr Handtuch noch immer in seiner Hand. Er wickelte es um seine Taille und folgte ihr, ein Mann mit einer Mission. „Mar."

Er bekam keine Antwort, obwohl er sie in ihrem Schrank rumoren hörte.

„Mar."

„Was?" Sie schlug mit beiden Händen auf seine nackte Brust ein und er fing sie auf. „Was hast du zu sagen?"

Gute Frage. Was konnte er ihr bieten, dass sich nicht wie ein

Witz anhörte?

Sie lachte. „Ja, das habe ich mir gedacht. Lass mich in Ruhe. Du solltest gehen."

„Nein."

Sie zog sich zurück und er ließ ihre Handgelenke los. Sein Herz sank in dem Wissen, dass er mehr als nur ihre Hände losließ. Sie wirbelte herum, der lila Hausmantel flatterte und gab den Blick auf das frei, was er schon wieder wollte. „Es ist nur – verdammt, egal."

Sie stürmte zurück und schlug mit der geballten Faust auf seine Brust. „Du machst mich verrückt! Ich bin fertig mit dir. Hau endlich ab."

„Willst du mit mir essen gehen?"

Ihre Augen sahen aus, als wären würden sie ihr im nächsten Augenblick aus dem Kopf springen. „Wie bitte?"

Wo zum Teufel war dieses Schmuckstück hergekommen? „Abendessen. Eine Mahlzeit. Herumlaufen oder was auch immer Leute auf Dates so machen."

„Fragst du mich nach einem Date?"

„Ja."

„Das ist das Dümmste, was du jemals gesagt hast."

„Verdammt, Mar. Ich kann einfach nicht gewinnen mit dir."

„Es ist wirklich nicht so schwer, mich zu durchschauen." Sie schob ihre Schultern zurück, band ihren Bademantel wieder zu und stürmte den einen Meter zurück zu ihrem Schrank. „Hau ab."

„Ich bin um sieben wieder hier."

„Kein Interesse."

„Bis später, Aschenputtel." Er ging zu ihr und küsste sie auf die Wange, völlig verrückt und sich abslout nicht sicher, warum er sich wie ein Rockstar fühlte.

KAPITEL DREIZEHN

T RACE KNACKTE SEINE Halswirbel, als er seine Autotür schloss. Er war seit der High-School nicht mehr richtig verabredet gewesen, und selbst dann waren das nicht unbedingt Verabredungen, sondern eher Gelegenheiten, ein Mädchen allein zu erwischen. Ein Date. Was sollte er tun? Er konnte ein Restaurant aussuchen, aber das war nicht unbedingt sein Stil, und ein Essen schien zu vorhersehbar. Paintball? Vielleicht nicht ihr Stil, obwohl er sich an ihre Trainingseinheit mit dem Sturmgewehr im Dschungel erinnerte und sie ziemlich gut zielen zu können schien. Wenn sie ins Kino gingen, konnte er nicht mit ihr reden. Oder ... Mann, er dachte zu viel über diese Date-Sache nach.

Sein Telefon klingelte und er nahm den Anruf seufzend entgegen. „Hey, Mann."

„Was hast du vor?" Javier musste in einer Bar sein und schon einige gehoben haben.

„Ich bin auf dem Weg zu dir." Trace ließ den Motor an und fuhr aus Marlenas Ausfahrt. „Pour House?"

„Yup – hey!" Mit wem auch immer Javier sprach, es war nicht Trace. Der Anruf wurde beendet.

Das Pour House wurde zu ihrem vorübergehenden Treffpunkt, während sie in den Staaten festsaßen. Der Ort passte für ihn. Gutes Publikum. Sie brauten ihr eigenes Ale und die Küche konnte mehr als nur ein paar Hähnchenstücke frittieren.

Als er ankam, parkten die anderen von Titan geliehenen Fahrzeuge in einer Reihe. Sie waren verdunkelte Charger und SUVs.

Javier, Ryder und Brock waren irgendwo in der dunklen Bar und spielten wahrscheinlich Billard. So vertrieben sie sich die Zeit zwischen Aufträgen. Wie ging es dem Titan Hauptteam? Brock hatte ihm etwas über Grillpartys und Zeitvertreib auf dem Schießstand mit dem zutreffenden Namen GUNS, betrieben von Jareds Frau, erzählt. Sie waren älter. Delta war eine viel jüngere Truppe. Fast alle Männer waren in seinem Alter und hatten ihre eigenen Probleme. Delta passte zusammen. Je mehr Zeit sie zusammen verbrachten, desto mehr arbeiteten sie wie ein eingespieltes Team. Und niemand hatte ein Mädchen.

Außer Brock.

Gerüchten zufolge hatte er eine Frau und eine Familie und hatte kein Problem damit, zwischen den Einsätzen nach Hause zu gehen. Aber auch sonst schien er nicht übermäßig belastet zu sein. Traces Brust fühlte sich eng an, als er darüber nachdachte. Und noch ein anderes Gefühl krümmte sich in seinem Bauch. Sobald Delta die Freigabe zum Ausschwärmen hätte, wäre er auf dem nächsten Flug in den Hinterhof der Hölle um die Marken seines Bruders zwischen Einsätzen zu finden… und Mar würde in den Staaten sein.

Das Schild des Pour House ragte über ihm empor und lud ihn in eine rauchige Oase ein. Trace stieß die Glastür auf und trat in die schwach beleuchtete, lautstarke Menge. Er nickte ein paar Leuten zu, die er hier zuvor schon einmal gesehen hatte, und machte sich auf den Weg nach hinten. Wie er vermutet hatte, spielten Brock und Javier Billard. Ryder war nicht allzu weit entfernt und hatte dem Anschein nach eine Kellnerin auf seinem Schoß sitzen. *Verrückter Aussie.* Trace würde wahrscheinlich dasselbe über Javier und Brasilien denken. Ihr Akzent erregte Aufmerksamkeit. Aber Javier hatte eine Ausstrahlung, bei der es sich selbst das hartgesottenste Bad-Boy-Groupie zweimal überlegte, bevor sie mit ihm flirtete.

Die Kellnerin hüpfte von Ryders Schoß und kam herüber. „Hast du Durst, Süßer?"

„Ein Dunkles aus der Flasche."

„Sicher doch." Sie winkte Ryder zu und huschte davon.

„Mann, Alter."

Er lachte. „Ich mag Amerika. Amerika mag mich. Was soll ich machen?"

Javier schüttelte den Kopf. „Als ob das Land jemals eine Rolle gespielt hätte."

„Das stimmt wohl."

„Ich brauche Hilfe." Trace ging hinüber und lehnte sich an die Wand. „Ich habe ein Date."

Javier verfehlte seinen Stoß und der Spielball sprang vom Tisch. „Was?"

Brock verschränkte die Arme vor der Brust, blieb stumm, sah aber amüsiert aus und unterdrückte ein Grinsen.

„Also, wie bist du denn auf so etwas hereingefallen?" Javier leerte sein Bier, während Brock an der Reihe war, die Kugeln vom Billardtisch zu räumen. „Mistkerl, Gamble."

„Ich bin der Nächste." Trace wollte gegen Brock spielen. Es wäre gut, etwas über diesen Kerl zu erfahren. Auch wenn er ihn mochte, gab es noch viel zu lernen. „Ich habe gefragt, also bin ich schon mal kein Trottel."

Ryder lachte. „Das ist niedlich."

Brock nickte ihm zu, nachdem er mit Javier fertig war. „Was hast du geplant?"

„Das ist mein Problem. Ich habe keine Ahnung."

„Du redest von diesem Mädchen, nicht wahr? Die Studentin?"

„Ja, sie."

„Ein bisschen jung, oder?", fragte Ryder.

„Ein paar Jahre jünger als ich."

Sein Kumpel schüttelte den Kopf. „Mann, Krieg lässt einen altern."

Ein paar von ihnen nickten. Trace fühlte sich manchmal doppelt so alt wie er war, vor allem, wenn er an Michael dachte und an all den Spaß den sie gehabt hatten, bevor sie sich verpflichtet hatten und in zwei unterschiedlichen SEAL-Teams landeten. Bis dahin war das Leben eine Party gewesen. Sie hatten es in der High-School krachen lassen. Scheiße, das war erst ein paar Jahre her... aber es fühlte sich wie Jahrzehnte an.

Javier pfiff. „Das Mädchen ist rattenscharf, Kumpel."

„Ich weiß." Trace machte den Kopf frei von Erinnerungen. Er war sich nicht sicher, ob es ihm recht war, Mars Schärfequotienten zu diskutieren. „Dates sind nicht wirklich mein Ding."

„Stabilität ist nicht wirklich dein Ding." Ryder ging zu dem Tisch. „Dates sind für stabile, gesunde Menschen."

„Das musst du gerade sagen."

Ryder zuckte die Achseln. „Ich bin nicht mit einer hübschen Verbindungsschwester verabredet."

„Sie ist nicht in einer Verbindung."

„Das ist nicht der Punkt, mein Freund."

Echt jetzt? Er sieb sich das Gesicht. „Gott, ich habe mich auf dieses Mädchen eingelassen."

Die Kellnerin kam mit seinem Bier und Trace trat an den Billardtisch. Brock begann, ließ die Kugeln laufen und hinterließ ihm ein paar schwierige Winkel, als er an der Reihe war. Sein Teamleiter hatte ein Händchen dafür, gleichzeitig das Gespräch am Laufen zu halten und sich auf das Spiel zu konzentrieren. Trace versenkte seinen Stoß, verfehlte die Achterkugel und trank sein Bier aus. Komisch, wie etwas so Langweiliges ihn entspannen konnte. Sich in Marlena zu wühlen, war also nicht die einzige Option.

Er nickte den Jungs zu, als die Kellnerin die Tische abräumte. „Okay, ich bin raus."

„Wie lautet das endgültige Urteil?", fragte Ryder. „Wohin gehst du mit ihr?"

„Wenn ich das bloß wüsste."

Die Kellnerin ging mit einem Tablett voller Flaschen vorbei und lächelte. „Das Kino im Grünen auf dem Campus wurde diese Woche eröffnet."

Er drehte sich zu ihr um. „Kino was?"

„Ich dachte mir schon, dass ihr Jungs nicht aus der Gegend seid. Kino im Grünen. Sie stellen eine große Leinwand auf und man kann im Gras sitzen und sich einen Film anschauen."

Alle standen dumm da.

Die Kellnerin lächelte. „Es ist toll, ehrlich."

„Wie ein Picknick, Schätzchen?" Ryder sah nicht überzeugt aus, aber wenigstens wusste er etwas zu sagen.

„So ähnlich." Sie schob das Tablett beiseite. „Macht total Spaß, ehrlich."

„Okay. Danke." Okay, Kino im Grünen. Vielleicht würde er sich damit total blamieren. Aber vielleicht lohnte es sich, darüber nachzudenken.

Javier kam auf Trace zu und rief über die Schulter: „Ich bin in einer Minute da, Jungs. Ich muss mit meinem Kumpel reden."

„Was?"

Javier hielt inne und atmete dann langsam aus. „Geht es hier um deinen Bruder?"

Die Frage schlug ein wie ein Hieb in die Kehle. „Nein."

„Schau, wir alle wissen, dass du bald Geburtstag hast." Javier folgte Trace zur Vorderseite der Bar. „Du warst ein bisschen durcheinander, seit du zu Delta gekommen bist. In Anbetracht der Tatsache, dass wir hier in den Staaten festsitzen, machen wir uns, glaube ich, alle nur Sorgen um dich."

Er stieß die Tür auf und das Sonnenlicht brannte in seinen Augen. „Es geht mir gut."

„Zeit mit einem Mädel zu verbringen-"

„Marlena."

Javier nickte. „Mit Marlena. Das ist ja alles gut und schön, aber-"

„Aber was?" knurrte er.

„Das sieht dir nicht ähnlich."

Trace blieb stehen. „Glaubst du nicht, dass ich das selber weiß?"

„Und ein Date? Ich meine, wenn du dabei bist durchzudrehen, könntest du deinen Kumpel wenigstens vorwarnen. Okay?"

Seine Schläfen pochten; sein Hals drückte sich fest zusammen. „Was wäre, wenn—"

Was zum Teufel wollte er überhaupt sagen?

Javiers Gesicht kniff sich zusammen. „Wenn was?"

Er zuckte die Achseln, während die Schläfen immer noch pochten. „Ich mag sie."

„Ich verstehe. Sie scheint ein cooles Mädchen zu sein. Ihr zwei habt offensichtlich eine gemeinsame Geschichte, kleine Welt und so weiter."

„Ich harmoniere gut mir ihr." Sein Herz begann zu rasen, seine Gedanken sprangen ein, um noch einen drauf zu setzen. „Sie ist lustig, ein bisschen kaputt. So wie ich. Total verrückt im Kopf und…"

„Und?" Javier verschränkte die Arme.

Trace holte tief Luft und legte den Kopf zurück, um in die Sonne zu starren. „Ich werde diese Erkennungsmarken nie finden."

Javiers Blick verhärteten sich. Sekunden verstrichen. „Das wissen wir."

Tief in seiner Brust verwandelte sich die Wut in ein Knurren. Trace fuhr sich mit den Händen durch die Haare. Er hatte die Bilder von der improvisierten Explosion gesehen, die Michaels gepanzertes Fahrzeug getroffen hatte. Er hatte gesehen, wie die Trümmer von verdammten Nomaden durchwühlt worden waren. Die Marken waren verschwunden, zusammen mit allem anderen. *Mist.* Er wollte sie zurück. Das war sein einziges Ziel im Leben. Sein einziger Fokus, der ihn aus dem SEAL-Team hatte fliegen lassen … „Scheiße!"

„Trace, Kumpel, tief durchatmen."

Er beugte sich vor und senkte den Kopf zwischen die Knie. „Ich mag das Mädchen."

„Ich weiß nicht, ob das eine gute Sache ist oder nicht. Ich mache mir Sorgen, dass du von einer Besessenheit zur nächsten springst. Ich befürchte, dass, bis du mit Michaels Tod abgeschlossen hast, ich meine wirklich damit fertig bist, du immer dem nachjagen wirst, was du nicht wirklich haben kannst."

„Die Marken."

„Und das Mädchen." Javier schenkte ihm ein trauriges Lächeln. „Wenn wir grünes Licht bekommen, sind wir weg. Keine schnelle Nummer mit fröhlichen Studentinnen mehr."

Trace ging auf dem Bürgersteig auf und ab, sein Magen verknotet, sein Verstand würgte zusammenhanglose Gedanken hervor.

„Geh ins Kino im Grünen mit ihr. Verbringe Zeit mir ihr. Hab Spaß." Javier seufzte. „Gönne dir eine Pause, Trace. Dein Bruder ist bei den Guten – Marken oder nicht."

Trace rieb sich den Nacken und hatte keine Ahnung, warum ein einziges Bier und eine Partie Billard ihn dazu bringen würden, die Richtung seines Lebens neu zu bewerten oder ihm die Einsichten zu geben, die alle anderen anscheinend schon längst hatten. Er nickte Javier zum Abschied zu und ging zu seinem Auto. Michael. Erkennungsmarken. Marlena. Verdammtes Kino im Grünen. So viel Mist ging ihm durch den Kopf.

Er öffnete den Charger mit der Fernbedienung und schloss sich auf dem Fahrersitz von der Welt aus. Mit einer Drehung des Schlüssels startete Trace den Motor, hielt sich am Lenkrad fest und versuchte, auf andere Gedanken zu kommen. Es ging nicht. Seine Gedanken schweiften ab und er ertappte sich dabei nach „Kino im Grünen" auf seinem Handy zu suchen, verwirrt darüber, warum er sich so auf eine harmlose Zusammenkunft konzentrierte. Vielleicht hatte Marlena etwas damit zu tun.

KAPITEL VIERZEHN

ÜBERALL AUF DEM Hügel lagen Picknickdecken. Marlena war seit ihrem ersten Jahr an der Hochschule nicht mehr bei dieser Veranstaltung gewesen. Nicht dass sie in den letzten zwei Jahren nicht hätte hingehen wollen, aber sie hatte keine Zeit, da das Biotechnologie-Programm ein echt harter Brocken war *und* sie außerdem niemanden hatte, mit dem sie auf einer Decke kuscheln konnte. Es standen nicht viele Kerle Schlange, um der Freund eines Mädchens zu sein, das schwierigere Kurse absolvierte als sie. Was eigentlich lustig war, wenn man bedachte, dass sie ja diejenige mit dem niedrigen Selbstwertgefühl war.

Aber nun war sie hier, an Traces Arm mit einer riesigen Decke aus ihrem Schrank. Er war mit einer Tüte Essen und Getränken aufgetaucht und sah etwas unsicher darüber aus, was er ihr anzubieten hatte. Der Mann war ein tätowierter Krieger. Er hatte Tod und Zerstörung gesehen, er rächte den Tod seines Bruders, aber wie er so mit einem Picknick auf das Schulgelände spazierte, sah es so aus, als könnte es ihn umbringen.

Es war auch Marlenas erster öffentlicher Auftritt seit Delta sie gerettet hatte. Sie hatte niemanden zurückgerufen, und während sie mit Trace durch die Menge ging, sagten mehr als ein paar Leute: „Hey" – sowohl diejenigen, die sie nicht zurückgerufen hatte, als auch andere, die sich für den Kerl interessierten, der sie eng umschlungen hielt.

Gott, musste er das wirklich tun? Und musste sie wirklich mit ihm gehen?

Denn mit jedem Schritt verliebte sie sich mehr in ihn.

Er überragte sie. Auch wenn er nicht so gekleidet war, als würde er in einem Actionfilm mitspielen, so hatte er doch diese Aura um sich. Keine Gewehre umgeschnallt – soweit sie das sehen konnte – aber seine Haltung forderte dazu heraus, sich mit ihm anzulegen. Marlenas Blick schweifte über die Menge, und – tief durchatmen – sie hatte sich nie sicherer gefühlt.

„Warum grinst du, Aschenputtel?"

„Das macht wirklich Spaß."

Mit einem Seitenblick packte er sie um die Taille und ging weiter. „Wir haben noch gar nichts gemacht."

„Und haben trotzdem Spaß."

Sein Lächeln zeigte sich nicht oft, aber wenn es passierte, nahm es ihr den Atem. Er nickte kurz und manövrierte sie zur Ecke des entlegensten Teils des Geländes.

„Wir werden den Film nicht besonders gut sehen können." Vielleicht war das ja der Punkt, wenn er ein bisschen rummachen wollte, wo niemand sie sehen konnte.

Er hielt inne und suchte die gut besuchten Hügel ab. „Es ist die beste strategische Position zur Verteidigung."

„Du hast gerade ein paar Romantikpunkte eingebüßt."

Trace lachte. „Klingt nicht sehr nach Date, was?"

Sie lächelte, zuckte die Achseln und lehnte sich an ihn. „Wir erfüllen, glaube ich, beide die Erwartungen an uns eher wenig."

„Das stimmt wohl, Aschenputtel."

Musik ertönte und die Leinwand erhellte sich. „Hier ist in Ordnung. Beeilen wir uns." Sie hatte die Decke ausgebreitet und das Essen auf Papptellern verteilt, bevor der Vorspann abgelaufen war.

Die Menge lachte, als der Film lief. Marlena und Trace aßen Sandwiches und tranken Limo und sie lehnte sich an ihn. Die Lässigkeit, mit der es geschah, war seltsam beruhigend. „Ich wollte mich entschuldigen. Ich bin keine zwölf mehr. Ich sollte nicht jedes Mal wegrennen, wenn mich etwas nervös macht."

Seine Finger strichen über ihren Arm. „Es tut mir leid, dass du das Gefühl hast, wegrennen zu müssen."

„Ich will dir eine Frage stellen."

Er nickte. „Ich bin ganz Ohr."

„Warum glaubst du, dass du ein hoffnungsloser Fall bist?"

Er seufzte aber hörte nicht auf, seine Hand über ihre Haut gleiten zu lassen. „Ich weiß die Antwort darauf nicht mehr."

„Was meinst du damit?"

„Ich …" Er rollte sich auf den Rücken und zog sie neben sich. „Ich bin ein SEAL. Einmal ein SEAL, immer ein SEAL. Aber ich habe es vermasselt. Ich habe es verloren und es hat mir die Welt bedeutet. Jetzt bin ich bei Titan. Delta. Und ich werde immer der Hüter meines Bruders sein. Sowohl an der Waffe als auch durch Blut."

Sie sagte nichts, aber er hatte ihre vielen Fragen nicht wirklich beantwortet.

„Diese Erkennungsmarken, von denen ich dir erzählt habe?" Seine leise Stimme war durch den Film schwer zu verstehen.

„Ja."

Trace gab ein langes, trauriges Seufzen von sich. „Ich werde sie nicht finden."

Sie biss sich auf die Lippe und war nicht sicher, was sie sagen sollte.

Der Himmel färbte sich lila, und die Lachspur des Films war zusammen mit dem Gelächter der Menge zu hören.

„Aber." Er räusperte sich. „Sie haben mich zu dir geführt. Ich war in Deutschland, weil jemand etwas gesehen hatte und ich wissen wollte, ob es die fehlende Verbindung zu dem war, was ich brauchte. Diese Marken haben mich durch die ganze verdammte Welt geschleift. Und mich dann vor deiner Nase abgesetzt."

Ihre Kehle fühlte sich eng an. „Wenn du sie finden willst, dann finde sie, Trace."

„Das ist eine unmögliche Mission. Zwei Metallstücke in einer

Million Quadratmeilen Sand. Aber es war mein einziger Fokus zwischen den Aufträgen. Zumindest, bis ich auf die Ersatzbank gesetzt wurde und dich getroffen habe." Sein Blick fiel über ihre Schultern; seine Augen verengten sich. Sehr langsam setzte er sich auf, und seine Finger schlossen sich um ihren Unterarm. Seine Augen beobachteten weiter alles sehr genau. „Du hast vorhin gesagt, dass die losen Enden deines Projekts zusammengeführt sind, was meintest du damit?"

„Ich meinte, dass ich gekündigt habe. Ich war fertig. Es gab eine Klausel, die es mir erlaubte aus dem Vertrag zu kommen, und ich habe das ausgenutzt."

„Mist."

„Was?"

Er löste eine Waffe, die sie nicht bemerkt hatte, von seinem Gürtel, legte sie zwischen ihre Pappteller und ließ sie dann los, um sein Handy zu greifen. Er wählte und hielt es an sein Ohr. „Brock, ich habe Zielobjekte."

Sein Blick wanderte suchend umher.

Sie versuchte sich umzudrehen, aber Trace fing ihren Blick auf und schüttelte kaum merklich den Kopf. Ihr Herz raste. Sie wollten sie wieder einfangen. Schweiß kitzelte ihre Schläfen, ihren Nacken. Ihre Lungen stockten und gaben ihr das Gefühl, nicht atmen zu können.

„Ich zähle vier in direkter Sichtlinie. Keine Ahnung, wie viele hinter mir sind."

Noch eine lange Pause, und sie hätte zu gern gewusst, was Brock sagte. Zwei große Männer näherten sich Trace von hinten.

„Hinter dir. Sechs Meter entfernt," flüsterte sie. Sie waren in der Unterzahl. Sie wusste nicht, wie viele Kugeln in einem Gewehr waren, aber eine Schießerei auf dem Kinogelände würde Menschenleben in Gefahr bringen.

Er nickte ihr zu, ruhig wie der vom Sonnenuntergang gezeichnete Himmel. „Was auch immer du tust, folge meinen Anweisungen."

Ihre Hände zitterten, ihre Zähne klapperten. „Okay."

„Tief durchatmen, Mar. Das wird ein Kinderspiel."

Die beiden Männer waren ein paar Meter entfernt, und Trace steckte die Waffe schnell wieder unter sein Hemd.

„Wenn wir getrennt werden, tu, was sie sagen."

Mit knochentrockenem Mund nickte sie erneut und ihre Augen blieben unbeabsichtigt an einem Mann hängen, der direkt über Trace stand.

„Lass uns keine Szene machen." Der Mann sprach sie mit dem vertrauten exotischen Akzent an. „Ihr seid umzingelt."

Trace stand zwischen ihr und dem Mann. „Das wird nicht gut für dich enden."

„Du kannst mir ihr mitkommen oder auch nicht, es ist mir egal. Aber wir nehmen sie jetzt mit."

„Wenn ihr hinter Geheiminformationen her seid, die können gekauft werden."

Sie wusste, dass das eine Lüge war, dass Trace nichts gegen sein Land verkaufen würde. Also kaufte er Zeit?

„Warum Milch kaufen, wenn wir die Kuh umsonst haben können. Ist das nicht das Sprichwort?" Der Mann lachte.

„Hey!", knurrte sie ihn an.

Trace schüttelte den Kopf. „Das war unangebracht." Seine Faust hatte das Gesicht des Mannes getroffen, bevor sie Zeit hatte zu verarbeiten, was er vorhatte. Sekunden später stürzten sich zwei weitere Männer auf ihn, Schläge flogen, Stöhnen hallte durch die Luft, als die Kinogänger in der Nähe schrien und davonliefen.

Eine Hand schlug über ihren Mund und riss sie hoch. Als hätte Trace sie im Auge behalten, blieb er stehen und hob die Hände. „Okay, okay, wir gehen."

Er wischte sich Blut von der Lippe. Der Mann neben ihm kicherte und sagte leise etwas zu Trace. Und wieder flogen Traces Fäuste. Der Kerl ging zu Boden.

„Jetzt bin ich wirklich fertig." Er griff nach ihrer Hand und musterte den Mann, dessen Hand über ihrem Mund gelegt war.

Die Sicherheitsbeamten des Campus waren auf ihren Fahrrädern eingetroffen und machten sich auf den Weg durch den überfüllten Hügel. Vielleicht könnten sie helfen. Aber trugen die nicht nur Pfefferspray bei sich? *Oh.* Ihr Magen senkte sich. Es war eine Katastrophe.

„Lass uns gehen, bevor diese Idioten eine Schießerei anfangen und alle hier töten."

Die Hand über ihrem Mund löste sich und jemand sagte mit starkem, südamerikanischen Akzent: „Das ist eine kluge Entscheidung." Marlena, Trace und die Gruppe von Männern stiegen über den Mann, den Trace niedergeschlagen hatte und der immer noch mit dem Gesicht nach unten auf dem Boden lag.

Marlenas Hand fand die von Trace, und er drückte sie. „Lächeln, Aschenputtel. Anstelle einer guten Fee haben wir es mit einem Team von Schlägern zu tun."

KAPITEL FÜNFZEHN

T RACE LÄCHELTE WÄHREND des ganzen Schiebens und Schubsens, das ihre Entführer veranstalteten. Marlenas Magen krampfte sich zusammen und das einzige, was sie davon abhielt, in einen furchtbaren, selbstmitleidigen Abgrund zu rutschen, war die Tatsache, dass er das Kämpfen viel mehr zu genießen schien als die Kinovorstellung.

Sie hielt den Atem an, als Trace das langsam fließende Blut aus seinem Gesicht wischte und die Männer köderte. Er war ungefähr ein dutzend Meter entfernt und unbewaffnet, und strahlte trotz ihres Lagerhauskerkers Gelassenheit aus. Sobald ihre Gefolgschaft den Campus verlassen hatte, hatten die Entführer sie beide sehr gründlich abgetastet. So gründlich, dass Trace ihr Leib und Leben bedrohte, sollten ihre eifrigen Hände zu weit gehen.

„Alles in Ordnung da drüben?", fragte er.

Sie nickte und biss sich auf die Lippe. Welche andere Antwort sollte sie ihm auch sonst anbieten? Sie waren geknebelt und in einen fensterlosen Lieferwagen geworfen worden. Während der gesamten Zeit hatte sie versucht, nicht zu hyperventilieren, und er hatte das Fahrzeug und die Männer genau studiert. Sobald sie in einem verlassenen Lagerhaus ankamen, sagten sie, dass sie die Knebel mit Messern von der Länge ihres Unterarms abschneiden würden. Total übertrieben. Sie zu aufzubinden hätte völlig gereicht, aber nein, nicht für diese Typen.

Sie sprachen Spanisch und sie erkannte keinen von ihnen, als einen von denen, die sie vor ein paar Wochen entführt hatten. War es eine andere Organisation, die ihre Technologie nutzen wollte? Gleiche Gruppe, andere Leute? Warum hatte sie jemals gedacht, dass sie eine biologische Waffe erschaffen könnte – oder zumindest die Pläne dafür – und dabei nicht ihr Leben ruinieren würde? Selbst wenn sich das Projekt noch im Betatest befand und ernsthafte Probleme aufwies, war das Potenzial dahinter unvorstellbar.

Trace räusperte sich. „Wenn ihr nichts dagegen habt, werde ich da rübergehen und mit meinem Mädchen sprechen." Er wartete nicht auf eine Antwort, so als ob sie nicht von Waffen umgeben waren.

Einige murmelten, ignorierten sie aber. Sie war sich nicht sicher, ob das wirklich so schlimm war. Entweder war es ihnen egal, weil sie sie sowieso töten wollten, oder sie hatten wenigstens ein paar Manieren wie die Leute von Romatar.

Er setzte sich neben sie auf den Boden. „Nicht so wie ich mir dich geknebelt vorgestellt habe."

Plötzliche Hitze ließ ihre Wangen glühen. „Du bist verrückt."

„Vielleicht." Er stieß seine Schulter gegen ihre. „Aber du bist zu wichtig, um verletzt zu werden, und sie haben noch nicht herausgefunden, wer ich bin."

„Und wer bist du?"

„Das Arschloch, das jeden in diesem Raum tötet, wenn er dir auch nur ein Haar krümmt."

Irgendwie glaubte sie das. „Für wen halten sie dich?"

„Ich weiß es nicht. Einen Picknick-Freund? Ein Weichei, dass einen Weiberfilm auf der Wiese anschauen wollte?"

Sie lachte leise. „Du bist unglaublich."

„Und du bist ein VIP für viele Leute." Er lehnte sich zurück an die Wand. „Wir, Delta – oder irgendein Einsatz-Team – stellen nur Fragen zu dem, was wir unbedingt wissen müssen. Als Titan Delta geschickt hat, um dich nach Hause zu bringen, haben wir es gemacht. Das war der Vertrag und er wurde ausgeführt. Ich habe nie gefragt warum. Ich musste es nie wissen." Er legte den Kopf schief.

„Aber die Dinge haben sich geändert."

„Du willst wissen, was die wissen wollen?"

„Jep."

„Und wird uns das helfen?"

„Vielleicht."

„Warum?"

Seine Augen verengten sich. „Weil ich dann weiß, ob sie wirklich für das, was du weißt töten werden und bis zu welchen Extremen sie gehen werden, um dich am Leben zu erhalten. Im Moment denken sie, ich bin ein mit Waffen schwingender Freund, der herumläuft und" 'Merika' schreit und Fremde niederschlägt."

„Und was bist du stattdessen? Das Thema haben wir ein paar Mal übersprungen."

„Ein SEAL ein Leben lang. Delta im Moment. Ich bin ein Auftragskiller für die Guten. Ein Attentäter, wenn einer gebraucht wird. Eine verdammte Maschine. Ansonsten bin ich ein Typ, der mit einem Mädchen gefangen gehalten wird, das ihn dazu gebracht hat, alles in Frage zu stellen. Das sollte alles über mich erklären."

„Oh, das ist alles, hm?"

„Ich mag es, dass du zu Tode verängstigt und gleichzeitig sarkastisch bist."

Sie lächelte. „Nichts davon klingt für mich nach einem hoffnungslosen Fall."

Er beugte sich vor, ließ seinen Kopf hängen und starrte sie mit leeren Augen an. „Ich habe das Kriegsgebiet nie wirklich verlassen."

„Wegen deines Bruders?"

Ein trauriger Seufzer kam über seine Lippen. „Ja. Wie auch immer, genug von mir. Zeit, mich darüber zu informieren, warum du so heiße Ware bist. Außer dem Offensichtlichen." Er lächelte.

„Das ist ein furchtbarer Anmachspruch."

„Es sind furchtbare Umstände."

Sie verdrehte die Augen, aber ihre zitternden Hände hatten sich beruhigt und ihr Herzschlag hatte sich normalisiert. „Ich war die

Leiterin eines Projekts, das, in sehr einfachen Worten, eine Erkältung in eine Waffe verwandeln könnte. Etwas, das sehr einfach zu manipulieren und praktisch unmöglich zu verfolgen ist. Ich habe Variationen getestet und mögliche Konsequenzen aufgezeigt."

„Also…gib mir ein Beispiel."

„Okay. Eine bakterielle Lungenentzündung benötigt ein Antibiotikum. Du infizierst eine Stadt-"

Er runzelte die Stirn. ‚und die ist innerhalb von Tagen handlungsunfähig."

„Ja. Apotheken haben nicht genug Medikamente auf Lager. Ärzte kommen mit dem Patientenansturm nicht nach. Alle sind betroffen und der Handel steht still. Ebenso wie Polizei und Ersthelfer. Strategische Epidemien können eine ganze Region lahmlegen."

„Um Himmels Willen, Marlena."

Sie ließ den Kopf hängen und sah ihn dann an. „Ich habe das Gefühl, dass ich eine Atombombe geschaffen habe, an die man ganz leicht herankommt."

Wut spannte sich in seinem Kiefer. „Du bist auf keinen Fall ausreichend geschützt worden."

„Ich weiß."

„Du hast nichts gesagt."

„Wir können das auf eine Mischung aus Verleugnung, Hart-näckigkeit und Dummheit zurückführen."

Er lachte hart. „Zur Hölle…"

„Was?"

„Wir sind zwei vom gleichen Schlag. Weißt du das? Ich reise durch die ganze verdammte Welt, um Zeug in die Luft zu jagen." Er schüttelte den Kopf. „Und hier bist du, mit verdeckten Projekten und dem Versuch dich allein gegen die Welt zu stellen und etwas wieder in Ordnung zu bringen, dass du nicht in Ordnung bringen kannst."

„Schnauze halten", rief einer der Männer durch den Raum.

Trace murrte. „Die sind immer noch davon überzeugt, dass ich dein muskelbepackter Freund bin."

„Bist du das nicht?"

Er lachte. „Ich bin ein hoffnungsloser Fall, weißt du noch?"

„Du bist so..."

„Schnauze halten!" bellte der Mann erneut.

Trace sah zu ihm hin – sie hätte schwören können, dass er knurrte – und dann zurück zu ihr. „Der Scheißkerl kriegt noch früh genug eine verpasst."

„Also?", fragte sie. „Muskelbepackter Freund?"

„Willst du mich verarschen? Wir werden mit vorgehaltener Waffe festgehalten. Und du willst unsere Beziehung definieren?"

„Ja. Wenn ich schon sterben werde, möchte ich wenigstens wissen, ob ich einen Freund habe. Muskelbepackt oder nicht."

Er schüttelte lächelnd den Kopf. „Ich mag dich."

Sie lächelte ebenfalls und rutschte ein paar Zentimeter näher. „Das wusste ich."

„Nein. Du wusstest, dass ich dich im Bett mag."

„Das ist doch dasselbe."

„Blödsinn, Aschenputtel."

„Ich weiß. Ich will dich nur necken."

Er stupste sie wieder mit der Schulter an. „Freut mich zu sehen, dass dir die Rolle als gefesselte Geisel so liegt."

„Es reicht!" Der Mann kam auf sie zu. „Noch einmal-"

Sie hob die Hände. „Sorry. Tut mir leid."

„Lass das Mädchen in Ruhe." Dieses Mal war ein deutliches Grollen in seiner Stimme zu hören.

Der Mann stand über ihnen, und als ihre Hand sank, streifte Trace ihre und sandte beruhigende Schauer über ihren Arm.

„Sie ist es, die wir brauchen. Im Gegensatz zu dir. Lass uns reden, Boyfriend."

„Siehst du? Muskelbepackter Freund." Trace beugte sich zu ihr und berührte ihr Ohrläppchen mit seinen Lippen. „Egal was du hörst, mir geht es gut."

Der Mann über ihnen klatschte. „Lasst das sein. Steh auf, los geht's."

„Einigen wir uns auf Freund. Das passt für mich." Trace zwinkerte ihr zu. „Adios für den Moment."

KAPITEL SECHZEHN

ALS TRACE WEGGING, wirbelte es in Marlenas Magen vor Angst ... und Aufregung. Es war absolut nicht der richtige Zeitpunkt, sich mit ihm einzulassen. Aber als sie ihn weggehen sah, muskulös, die bunten Tattoos auf seinen Armen und diese Leg-dich-mit mir-an-Idiot-Haltung, sprang sie mit beiden Füßen hinein und verliebte sich wirklich in diesen Kerl.

Selbstvertrauen war ein Aphrodisiakum. Stimmts? Genau wie Adrenalin? Das machte Sinn. Abgesehen davon, dass es sich tiefer anfühlte, so als ob ihre Verbindung vorbestimmt wäre. Als ob es einen bestimmten Grund gab, dass sie gemeinsam durch die ganze Welt gereist waren.

Sie hätte es sich in tausend Jahren nicht vorstellen können, dass wenn sie sich einmal verlieben würde, es ausgerechnet ein in Ungnade gefallener Navy SEAL mit einer unausführbaren Vendetta wäre. Aber – so war es nun einmal. „Trace!"

Er sah über die Schulter, bevor er mit einem schnellen Anheben des Kinns um eine Ecke bog. Es gab nichts, dass sie sagen konnte und so winkte sie. Ein winziges Lächeln huschte über sein verhärtetes Gesicht, und das reichte ihr für den Moment.

Ein anderer Mann kam zu ihr herüber. „Mr. Romatar sagte, du wärst noch nicht fertig mit deiner Arbeit."

Dies waren also Romatars Männer. Okay. Sie wussten, dass sie schlau war, und sie hatten ihr noch nie weh getan. Ihr Ziel war es, eine Waffe herzustellen, wahrscheinlich um sie zu verkaufen. Sie schienen nicht die Art Organisation für Massenvernichtungen zu sein, sondern nur diejenigen, die davon profitierten. Sie holte tief Luft. „War ich nicht. Nicht ganz."

„Wir haben alles hergebracht, um keine Zeit mit Transporten zu verschwenden."

„Ähm, okay." Sie warf einen Blick auf ihre zitternden Hände. „Ich brauche eine Minute."

„Nein. Zeit aufzustehen."

Verdammt. Sie rutschte von ihrem Hintern hoch und folgte dem Mann durch das Lagerhaus, bis sie eine provisorische Laboreinrichtung erreichten. Die Männer, mit denen sie auf Romatars Anwesen zusammengearbeitet hatte, waren da, und alle ihre Unterlagen lagen ausgebreitet und einigermaßen fertiggestellt dort.

Der Mann, der sie hereingeführt hatte, vollführte eine große einladende Geste mit seiner Hand. Als sein Arm wieder sank, nahm er seine Waffe aus dem Halfter. „Mr. Romatar war nicht sehr über-zeugt davon, dass du bisher deine beste Arbeit abgeliefert hast. Er will, dass du alles sofort abschließt. Wenn du leben willst, beendest du den Job. Heute."

„Heute?" Der Schock erstickte alles andere, was sie sagen wollte. Der Mann nickte.

„Aber..." Es war nicht fertig. Sie hatte noch nicht alles ausgear-beitet. Das und die Tatsache, dass sie das nicht erschaffen wollte, um es dann Kriminellen zu überlassen.

„Nichts aber." Er zeigte auf einen Mann, der an dem provi-sorischen Labortisch stand. „Wenn er nicht angemessen beeindruckt ist, ist dein Freund zuerst dran. Wenn dieser Anreiz nicht funktion-iert und du nicht ablieferst was wir brauchen, wirst du auch entbehrlich."

Ihre Hände zitterten immer noch, sie setzte sich auf den Hocker neben den Tisch und den Mann, den sie beeindrucken musste, und versuchte dann, ihre Gedanken zu ordnen.

„Es tut mir leid", flüsterte der andere Mann. „Aber du musst das korrekt machen. Du kannst mich Ross nennen."

Sie wollte ihn ohrfeigen. „Korrekt?"

Ross wurde noch leiser und murmelte: „Ich weiß, dass du dich vorher zurückgehalten hast. Sie wissen es auch, aber sie wissen nicht, wie viel du zurückgehalten hast. Sie haben meine Kinder. Hier kann niemand gewinnen."

Sie griff nach den Plänen und machte sich an die Arbeit, bereit, die Lücken auszufüllen, die sie zuvor absichtlich hinterlassen hatte. Trace würde sie retten, bevor sie fertig war, oder Delta würde auftauchen, wie sie es zuvor getan hatten. Stunden vergingen. Die Romatar-Männer brachten ihr ein Sandwich, Kaffee und Limonade, ohne dass sie danach fragte, denn Nahrung war wie Treibstoff und hielt sie am Arbeiten. Dann musste sie mal.

„Entschuldigung."

Ross wandte sich von dem letzten Projekt ab, das sie ihm gegeben hatte. „Ja?"

„Ich muss aufs Klo."

Er sah zu dem herrischen Typen hinüber, der sie reingebracht hatte. Der Mann streckte das Kinn vor. „Geht es voran mit dem Projekt?"

„Ja."

Der Mann nickte. „Wie lange dauert es noch?"

Ross drehte den Kopf zu ihr.

Sie zuckte mit den Schultern. „Ein paar Stunden vielleicht?"

„Nicht gut genug." Er trat vor und schwang seine Waffe, als würde sie das davon abhalten pinkeln müssen. Das Gegenteil war der Fall. „Noch zwei Stunden. Höchstens."

Ihr drehte sich der Magen um. „Ich weiß nicht, ob –"

Der Mann schüttelte den Kopf und schrie etwas den Flur hinunter. Als Antwort ertönte ein weiterer Ruf, alles auf Spanisch, und sie hatte keine Ahnung, was sie sagten. Das Telefon des herrischen Typen klingelte, und er griff nach danach und sprach sehr schnell. Er legte mit einem missbilligenden Blick auf.

Im Hintergrund ertönte ein Schuss, und alles Blut schoss aus ihrem Kopf. Ihr war schwindelig. Schlecht. Sie war kurz davor, ohnmächtig zu werden.

„Geh auf die Toilette, aber sei in zwei Stunden hier fertig." Der scharfe Blick des Mannes blendete sie fast.

Tränen liefen ihr übers Gesicht. Hatten sie Trace erschossen? Hatten sie ihn getötet? War er verletzt? „Was ist passiert?"

„Das war dein Ansporn, schneller zu arbeiten."

Ihr Inneres tat weh. Ihre Gedanken drehten sich und sie konnte kaum gehen. „Haben Sie ihn getötet?"

„Nein. Noch nicht. Ich schlage vor, du beeilst dich und wirst fertig."

Sie sah Ross an, der ihr die Richtung zum Badezimmer wies.

Sie eilte hinein und hinaus, war wieder an ihrem Labortisch und die Tränen hatten noch nicht aufgehört fließen. Bei all den Tränen konnte sie die Arbeit vor sich kaum sehen. „Bitte. Können Sie mir sagen, ob es ihm gut geht?"

„Arbeite!"

Sie schniefte, atmete mühsam und zu schnell. „Ich kann nicht. Bitte. Nur-"

„Er lebt. Arbeite schneller und du kannst ihn retten."

Sie nickte. Schneller arbeiten. Das konnte sie tun. „Und er wird okay sein?"

Der Mann nickte. „Werde fertig."

Ross flüsterte: „Ich kann sie dazu bringen, ihn ins Krankenhaus zu bringen. Wir werden im Flugzeug sitzen, bevor du durch die Tür bist. Beende das nur. Ich muss meine Kinder retten."

Ross' Kinder und ihr Freund. Was für bösartige Bastarde. „Werden sie ihn verschonen?"

„Es ist deine einzige Chance."

Sie konnte das. Trace zu retten war das Einzige, was zählte. Sie waren nicht allzu weit von einem Krankenhaus entfernt. Marlena schloss die Augen, holte tief Luft und arbeitete dann wie der Teufel.

Was machte es schon, dass sie eine Waffe baute. Sie würden sie nicht heute benutzen. Sie würden sie verkaufen, richtig? Also könnte Titan oder das Militär oder irgendjemand losziehen, um sie zu finden.

Eine Stunde später stand sie auf. „Fertig! Bringt ihn ins Krankenhaus. Bitte."

Der Mann nickte Ross zu, der nickte zurück. „Es sieht so aus, als würde es funktionieren."

„Wir testen und dann sehen wir weiter."

„Was!", kreischte sie. „Nein. Wenn er verletzt ist, braucht er einen Arzt. Sie haben gesagt-"

Der Mann ging in Richtung Halle. „Teste es. Ich komme wieder."

Tränen füllten ihren Augen erneut. Ihr Magen schmerzte. Es könnte Stunden dauern, alles zu testen. Und selbst wenn Trace noch am Leben war... sie hatte keine Schmerzensgeräusche gehört. Was ist, wenn sie ihn einfach getötet hatten und …

Eine laute Explosion erschütterte das Gebäude. Die Vibrationen rissen sie zu Boden und verstreuten die Arbeitsmaterialien auf dem Tisch. Mit großen Augen sah sie, wie Ross sich auf den Boden hockte, dann aufsprang, ihre ganze Arbeit packte und zur Tür hinauslief.

„Warte! Ross! Nein." Er war es nicht, der hinter dem Zeug her war. Er wollte nur seine Familie am Leben erhalten. Er war genauso ein Opfer wie sie. Nur dass er gerade ihre gesamte Arbeit gestohlen hatte. *Mist.*

Und was war das für eine Explosion?

Die anderen im Raum hatten sich zerstreut. Sie war allein, verängstigt und wusste nicht, wohin oder warum die Sachen in die Luft flogen.

Trace humpelte in den Raum, Blut tropfte ihm über den Arm. Seine Jeans waren rot und sein Gesicht wütend. „Mar. Ist alles in Ordnung?"

Sie nickte und rannte zu ihm. „Mein Gott, was ist passiert?"

„Lass uns gehen." Er legte eine kleine Pistole in ihre Hand. „Zielen und abdrücken. Aber erschieß mich nicht."

Die Waffe fühlte sich kalt und schwer an. Als sie ihn ansah, konnte sie einfach nicht still sein. „Ich dachte, sie hätten dich verletzt."

„Das haben sie. Arschlöcher."

„Ich dachte, sie hätten dich getötet."

„Es braucht einen härteren Scheißkerl um mich zu töten, Aschenputtel."

Oh ... „Ich habe es beendet. Sie haben es."

Trace murrte, wurde aber nicht langsamer. „Das erschwert die ganze Sache."

„Was war das für ein Lärm? Die Explosionen?"

„Ich dachte, es war – "

Zwei Männer krochen in die Ecke, mächtige Waffen richteten sich auf sie und Trace. Sie schrie auf und zielte mit der Waffe auf sie. Trace ergriff ihre Hand und zog sie nach unten. „Ruhe bewahren." Er legte seinen Arm um sie und zerrte sie zu den Männern mit den Gewehren. „Wir haben ein Problem."

„Und auch dir ein Hallo, Kumpel." Ein bekannter australischer Akzent kam von einem der Bewaffneten.

„Hat lange genug gedauert." Trace stöhnte durch zusammengebissene Zähne. „Wo sind sie alle?"

Sie waren Traces Teamkollegen. Delta. *Gott sei Dank.* „Sag ihnen, dass du verletzt bist."

Stattdessen drängte er sie an die Wand. „Marlena, wie sieht die Waffe aus? Sie sind damit abgehauen, wonach suchen wir?"

„Oh. Ähm. Ein kleiner Zylinder in einer Kiste. Silberfarben. Fünfzehn mal fünfzehn Zentimeter. Sehr schwer."

Die beiden anderen Männer rannten davon, und Trace bog um die Ecke und schob sie fort von ihrem Platz an der Wand. „Ganz sachte."

Blut rann über seinen Arm und färbte seine Hose dunkelrot. Der Gestank der Explosion lag in der Luft und plötzlich explodierten Schüsse und hallten irgendwo im Lagerhaus wider. Sie zuckte zusammen und erstarrte dann.

„Dafür haben wir keine Zeit", er nahm sie in die Arme und ging weiter.

Schließlich traten sie durch den Vordereingang des Lagerhauses ins Freie. Trace ging auf einen Geländewagen zu. Er setzte sie ab, griff nach der Hintertür und setzte sie auf den Sitz. Alles war verschwommen. Jemand erschien mit erhobener Waffe im Schatten des Lagerhauses und zielte auf sie. *Nein.* Er zielte auf Trace.

„Nein!" Schreiend stieß sie ihn und brachte ihn aus dem Gleichgewicht, als er sich umdrehte, um ihre Tür zu schließen. Sie landeten auf dem Asphalt und er fluchte. Wahrscheinlich, weil sie auf dem Teil seines Körpers gelandet waren, der angeschossen worden war und wie verrückt blutete. Marlena rollte herum und spürte, wie Feuer ihren Arm durchzuckte. Sie schaute nach unten. Blut. Ein Loch in ihrem Arm. Blut. Sehr viel Blut. *Oh Gott.*

„Was zur Hölle", schrie Trace und rollte sich mit gezogener Waffe auf sie.

Er feuerte immer und immer wieder und schrie Obszönitäten. Dann zog er sie an sich und warf sich mit ihr in die noch geöffnete Hintertür.

„Du bist verrückt." Seine Hände suchten nach ihr, bis er ihren verletzten Arm fand. „Verdammt, Marlena. Du hast den Schuss für mich abgefangen."

Sie nickte. Wenn die Flugbahn richtig gewesen wäre und angesichts der Tatsache, dass sie auf ihn gesprungen war und wo die Kugel sie getroffen hatte … das wäre ein Kopfschuss gewesen.

Trace öffnete die Mittelkonsole und griff hinein. Er schob es in sein Ohr und sprach in ein kleines Mikrofon. „Zielperson wurde getroffen."

„Mir geht es gut." Obwohl sie sich benommen fühlte. Es war

nur ihr Arm. *Oh Gott.* Nur eine Schusswunde in ihrem Arm. Sie war angeschossen worden. Ihr ganzer Körper begann zu zittern. Und was war mit ihm? „Trace."

Er kroch auf den Vordersitz und sagte jemandem: „Bitte bestätigen." Trace drehte den Zündschlüssel um. Der Motor sprang an und er jagte vom Parkplatz auf einen Zaun zu.

Sie sah kein Tor. Er schaute sich um – aber er schaute nicht hin. Sie schrie, als er durch den Zaun raste. „Was zum Teufel?"

Er bog auf eine Zufahrtsstraße und entspannte sich dann auf dem Fahrersitz. „Ich kann nicht glauben, dass du eine Kugel für mich abgefangen hast." Kopfschüttelnd drehte er sich um und sah sie an, die Augenwinkel eng und in Falten gelegt. „Du bist die Beste."

Obwohl ihr Arm vor Schmerz pochte, waren es ihre Wangen, heiß und rot, die sie in diesem Moment fühlte. „Es ist einfach irgendwie passiert."

Mit einem schnellen Ruck zog er sein Hemd über den Kopf. „Binde das um deinen Arm. Fest zubinden."

Seine Brust war voller Blut. Er hatte eine Schusswunde neben seinem Schlüsselbein. „Du brauchst einen Arzt dringender als ich", sagte sie.

Er lachte, als er auf den Highway abbog. „Es scheint, als ob du das Einzige bist, was ich brauche."

KAPITEL SIEBZEHN

IM HALBSCHLAF AUF seiner Couch war Trace betäubt und von Schmerzmitteln benebelt. Es war an der Zeit, seinen Verband zu wechseln, und das tat höllisch weh. Also verdoppelte er die Dosis des Schmerzmittels und driftete hinüber nach La-La-Land, nachdem Ryder ihn zu Hause abgesetzt hatte. Aber als es an der Tür klingelte, ließ sein Percocet-Rausch gerade nach.

Die sofortige Hoffnung, dass Marlena auf der anderen Seite stand, machte ihn hellwach. Nachdem der Chirurg die Kugel aus seiner Schulter gezogen hatte, sagte er: „Danke für die Arbeit" zu Titans Arzt und machte sich davon, um Marlena zu finden. Aber er fand von einer Krankenschwester heraus, dass ihr Vater sie abgeholt hatte. Der Gedanke machte ihn verdammt wütend und eifersüchtig, weil er nicht da sein konnte, um sie nach Hause zu bringen. Er rief ihr Handy an, aber es war ausgeschaltet. Oder vielleicht verloren gegangen, wie ihr letztes Handy.

Bevor er aufstehen und zur Tür gehen konnte, öffnete sie sich und sie steckte ihren Kopf hinein. „Hey, Du. Darf ich reinkommen?"

Selbstverständlich, sie konnte machen was immer sie wollte. Seine Brust fühlte sich warm an und er konnte endlich atmen. Er bemerkte, dass er nicht mehr richtig hatte atmen können, seit er sie im Krankenhaus verlassen hatte. Trace schlang seine Arme um sie und selbst als sie versuchte, sein Wunde zu vermeiden, umarmte er sie fest und genoss den heftigen Biss des Schmerzes. „Ich habe dich vermisst, Aschenputtel."

„Du hast mich erst gestern gesehen."

„Es ist viel passiert." Verdammt, er wünschte, sie hätte die Nacht nach dem Krankenhausbesuch mit ihm verbracht. „Wie fühlst du dich? Ich habe versucht dich auf dem Handy und dem Festnetz zu erreichen."

„Ich war nicht zu Hause" Sie seufzte und sackte zusammen. „Ich bin bei Brian gelandet."

Seine Fäuste ballten sich. „Brian."

„Mein Vater."

Durch den Schmerzmitteldunst machte das mehr Sinn, aber es waren immer noch beschissene Neuigkeiten.

„Ja. Das ist doof. Es sieht so aus, als würden sie den Notfallkontakt anrufen müssen, wenn man eine studentische Krankenversicherung hat und angeschossen wird. Der Arsch zahlt noch nicht mal meine Studiengebühren. Ich habe keine Ahnung, wie das funktioniert. Aber er hatte in letzter Zeit Glück und lebt auf großem Fuß. Sagt, dass meine Entführungen ihm Glück bringen. Arschloch."

„Scheißkerl."

Sie zuckte mit den Schultern. „Ich habe ihm gesagt, dass er mich nicht abholen muss, wenn ich ihm sowieso egal bin. Ich habe keine Ahnung, warum er freiwillig den Papa spielen wollte. Das habe ich ihm sogar ins Gesicht gesagt, und er fand das Ganze furchtbar komisch."

„Ich schätze, das Gespräch lief nicht so gut."

„Das Übliche. Ich bin so schlau, dass ich dumm bin. Platzverschwendung. Niemand würde mich jemals lieben. Gleiche Leier, neuer Tag."

Trace Herz schlug schneller. Jemandem zuzuhören, der sie so herabsetzt. Sagte er, sie sei nicht liebenswert? Das war verrückt. Wenn jemand Liebe verdient hatte … war sie es. *Mist.*

„Etwas an ihm war anders. Es ist direkt vor meiner Nase, aber ich kann nicht…" Die Verwirrung verschwand aus ihrem Gesicht und ihre Augen verengten sich. „Trace? Ist alles in Ordnung?"

Liebe verdient...? „Ich muss mich setzen."

„Du siehst aus, als ob dir schlecht wird." Sie griff nach seinem Arm, als er zur Couch stolperte. „Im Ernst, was war das für ein Blick?"

Er steckte den Kopf zwischen seine Knie. „Mist."

„Brauchst du einen Arzt? Ich meine, ich kann fahren, und du siehst aus..."

Trace richtete sich so schnell auf, dass sich in seinem Kopf alles drehte, zog sie in seine Arme und presste seine Lippen auf ihre. Nachdem sie ihn in die Realität zurückgeküsst hatte, öffnete er seine Augen und sah eine sehr verwirrte, heiße und verstörte Marlena. „Ich bin ein total hoffnungsloser Fall."

Sie schenkte ihm ein halbes Lächeln. „Das sagtest du bereits."

„Mar."

Das halbe Lächeln in ihrem Gesicht animierte ihn, er wollte sie gleich wieder küssen. „Trace."

„Das ist lächerlich."

Sie lachte. „Ich habe keine Ahnung, wovon du sprichst."

Der Fernseher war zu laut. Die Klimaanlage war zu stark aufgedreht. Alles irritierte ihn bis zum Wahnsinn in diesem Moment. Er sprang von der Couch und ging im Wohnzimmer auf und ab. „Ich auch nicht."

„Was?" Ihr niedliches Gesicht war verzerrt.

„Ich habe mich in dich verliebt." Da. Er hatte es gesagt. Was zum Teufel sollte er als nächstes tun? Denn noch vor einer Woche war er vor einem normalen Leben davongerannt, als stünde sein Schwanz in Flammen.

Marlenas Mund stand offen. „Was."

Es war keine Frage. Das Wort hing einfach irgendwie zwischen ihnen.

„Scheiße." Er rieb sich das Gesicht. „Ich würde sagen, dass es mir leid tut, aber das tut es nicht."

„Es tut mir auch nicht leid."

Er starrte sie von der Seite an. „Tut es nicht?"

Sie schüttelte den Kopf.

„Was soll das bedeuten?"

„Ich habe mich auch in dich verliebt. Schon vor einer ganzen Weile."

Er ging zurück zur Couch und setzte sich neben sie. „Das war wahrscheinlich das Unromantischste, was du je gehört hast."

Sie nickte und versuchte ihr Grinsen zu verbergen. „Vielleicht."

Seinen gesunden Arm unter ihrem unbandagierten einhakend, schob er sie von der Couch in Richtung Tür.

„Was machst du?"

„Zum Teufel noch mal, von vorne anfangen. Was denn sonst?" Er drehte sie um und trat zwei große Schritte zurück. „Hey, da bist du ja."

„Du hast den Verstand verloren."

„Mag sein, aber trotzdem. Komm rein. Ich muss dir etwas sagen."

Marlena saß auf der Couch und schüttelte den Kopf. „Sag es mir."

„Ich habe mich in dich verknallt. Du gehst mir nicht aus dem Kopf. Du bist das Einzige, was mich gesund hält, das mir Balance gibt."

Sie streckte die Hand aus. „Setz dich."

Eine Sekunde später waren seine Arme um sie geschlungen und er konnte auch seinen Mund nicht von ihr lassen.

„Ich hatte viele Höhen und Tiefen", sagte sie. „Als ich heute Morgen aufwachte, hat Brian mich wieder zu gelabert. Und weißt du was? Ich habe ihm gesagt, er soll zur Hölle fahren. Ich habe jahrelang auf seinen Mist gehört. Habe es verinnerlicht und mich kleiner gefühlt, als ich sollte. Aber nicht heute, und das hatte vor allem damit zu tun, das ich weiß, wer ich bin. Weil ich in den letzten Wochen gemerkt habe, dass ich mich mag"

„Und ich liebe dich."

„Zum Glück liebe ich dich auch. Verdammter, hoffnungsloser Fall."

Er hob die Hände. „Ich sage nicht, dass ich keinen inneren Kampf mehr habe."

„Ich weiß. Ich möchte, dass du ihn austrägst. Ich hoffe, dass du das tust. Es ist nur … wir passen gut zusammen. Also, ich denke, dass ich meinen muskelbepackten Freund behalten werde, wenn das ok für dich ist."

„Verdammt, Schatz. Du bleibst über Nacht. Keine Widerrede."

„Gut. Ich wusste, dass mein Vorbeischauen seine Vorteile haben würde", sagte sie.

„Klingt nach einer Herausforderung."

Er hatte sie aufgehoben und in seinen Armen, bevor sie sagen konnte: „Vorsicht mit der Schusswunde."

TRACE KROCH AUF seinem Bett über sie hinweg und er roch perfekt. Sie lag auf einem Stapel Kissen, und seine Muskeln ragten um sie herum auf und hielten sie gefangen. Seine Hände bewegten sich über ihren Körper und hielten am Verschluss ihrer Jeans inne.

„Die Dinge, die ich mit dir machen möchte." Langsam öffnete er den Knowpf und zog den Reißverschluss herunter.

Es dauerte ewig, bis der Reißverschluss auf war. Vorsätzliche Quälerei. „Ich bin dabei. 100 %."

Traces Zähne streiften über ihren Bauch und seine Hände hielten sie fest. Er biss sich in ihren Hüftknochen und zog ihr Höschen aus. „So selbstbewusst."

„Habe ich dir doch gesagt."

„Das warst du schon immer", sagte er. Sein Körper fand seinen Platz zwischen ihren Beinen, breite Schultern hielten sie geöffnet.

„Vielleicht. Nur für dich."

Die Wärme seiner Lippen strich über ihrem Kitzler. Starke

Finger liebkosten ihre Falten. „Das ist nur für mich, Mar."

„Ja." Die Worte kamen atemlos heraus. Zum Teufel, sie brauchte mehr als nur eine Liebkosung. „Ich gehöre dir."

Er war nicht gerade sanft, als er sie für seinen Kuss spreizte. Der Schlag seiner Zunge ließ Schauer in die letzten Winkel ihres Körpers kriechen. Der Tanz seiner Finger über ihre erregte Haut raubte ihr den Verstand. Er küsste und saugte mit einer solchen Intensität, dass der Raum verschwamm. Gedanken verschwanden. Raue Hände und seine Zunge drängten sie zum Höhepunkt, dann stießen seine Finger in sie hinein, pumpten und streichelten.

Marlena hatte Mühe, ihre Beine zu bewegen, die Fersen gegen das Bett zu stemmen oder ihre Beine um seine breite Brust zu legen. Er hatte sie festgeklemmt. Jeder Anstrengung hielt er entgegen und brachte sie mir seiner Zunge zum Orgasmus. Sie bewegte sich und er glich sich ihrer Bewegung an. Marlenas Finger griffen nach den Laken und ballten sie in ihrer Hand. Hitze schoss durch ihren Körper, ihr Rumpf wurde enger und ihrem Hals entwich ein Stöhnen. Alles daran war verrückt und genüsslich.

„Komm für mich, Mar." Seine Finger und sein Mund fickten sie rasend.

Sie bäumte sich auf, bog den Rücken und krallte sich am Bett fest. Trace hielt ihren Körper still. Ihr Orgasmus trieb sie hoch in den Himmel, wo Feuerwerk und Sterne kollidierten. Mar schnappte nach Luft, als sein Gewicht von ihr rollte. Sie hörte die Folie einer Kondomverpackung, aber ihr Körper war zu schlaff, um die Augen zu öffnen – bis er wieder auf ihr lag. Dann öffnete sie die Augen und sah ihn seine.

„Ich liebe dich", knurrte er und drückte seinen Schwanz gegen ihre Öffnung. „Und du bist das einzige, was mich retten kann."

„Gut." Sie wollte seine Retterin sein. Sein Ein und Alles.

Er stieß tief in sie hinein, seine Augen schlossen sich und sie biss ihm in die Lippe, als er sie küsste. Das war ihr Ding. Nichts Süßes, nur pure, zielgerichtete Emotionen, hart und rau. Ihre Beine schlangen sich um ihn, ihre Arme umklammerten ihn. Sie gab sich dem Schmerz in ihrem verbundenen Arm hin. Er biss die Zähne zusammen und Schweiß tränkte seine Stirn. Sie formten sich ineinander, ihre Verbindung war tief.

Marlena bog sich zurück, kratzte mit den Nägeln über seinen Rücken, stöhnte und schrie auf, als sie kam. Ihre Muskeln zuckten um seinen Schaft und ihr Verstand war betäubt. Traces Körper wiegte sich über ihr und die Stoßbewegung zwang sie zu einem Punkt der Aufgabe, den nur er auslösen konnte.

Er kam und stöhnte, als er zustieß. „Verdammt, Marlena.”

Dann sackte er auf ihr zusammen. Sein krächzender Atem brannte in ihrem Ohr, sein Gewicht drückte sie in die Laken.

Als sein Körper sie bedeckte, klärte sich Marlenas Verstand. Der Unsinn, der ihre Vergangenheit verwischt hatte, all die niederschmetternden Lügen, die ihr ein Leben lang aufgetischt worden waren. Aber in dieser Klarheit lag eine Erkenntnis, die kristallklar in ihrer Offensichtlichkeit war. Ihr Magen sackte zusammen, während Wut in ihren Adern aufstieg. Sie schluckte. Sie war blind gewesen, bis zu diesem Moment als sie begriff, dass sie lieben und geliebt werden konnte. Wie macht sich das als *was-zur-Hölle* Moment?

„Ich brauchte das.” Das Flüstern seiner Stimme versprach, dass sie ihm alles erzählen konnte, dass er es verstehen würde, denn egal wie unterschiedlich ihre Umstände waren, sie hatten beide eine dunkle Last, die sie bedrückte. Ihre war ihr verdammter Vater gewesen.

Sie nickte. „Aber weißt du, was ich noch mehr brauche?”

Sein Kopf hob sich von ihrer Brust. „Mehr?”

Brian hatte sie verarscht. Er hatte sie und ihre Geheimnisse verkauft. Das war die einzige Erklärung dafür, warum er plötzlich Geld hatte. Der Mann ließ keine Gelegenheit aus, sie zu verletzen, besonders wenn er dabei viel Geld verdienen konnte. *Zum Teufel mit ihm. Zum Teufel in den tiefsten Abgrund der Hölle mit ihm.* „Ich muss ihm das heimzahlen."

Schneller als erwartet, rollte Trace sich herum und zog sie mit sich. „Sag das nochmal."

„Vergeltung."

Seine Augen verengten sich. „Was?"

„Brian –"

„Dein Vater?"

Sie nickte und der Ärger verwandelte sich in eine kalte Ruhe. „Brian hat mich mit einem neuen Auto aus dem Krankenhaus nach Hause gebracht. Es war nicht das Haus wo ich aufgewachsen bin. Es war eine neue Wohnung. Schöner. Er war so beschäftigt, mich zu beleidigen und niederzumachen, dass es in meinem Schmerzmittelrausch nicht Klick gemacht hat. Ich weiß nicht, wie er es gemacht hat. Ich weiß nicht, wo er ihn getroffen hat ..."

„Romatar?"

Sie nickte wieder. „Er hat mir das angetan."

Traces Kinn spannte sich an. Vertiefungen spannten sich in seinem Nacken. „Dein Vater?"

„Brian. Der Samenspender, bei dem ich nach dem Tod meiner Mutter festsaß."

Sie starrten schweigend und verständigten sich doch deutlich. Sein Blick verdunkelten sich und seine Lippen wurden schmal. Das Anschwellen der Aggression in ihrem Herzen nahm ab, als er sie an sich drückte.

„Ich brauche eine Sekunde." Trace rollte sich aus dem Bett, warf die Decke um sie und griff nach seiner Hose und seinem Telefon.

Sie hatte den Zusammenhang erst vor einer Minute erkannt, war sich aber nie sicherer gewesen. Ihr beschissener Vater hatte sie für einen Gehaltsscheck verkauft.

KAPITEL ACHTZEHN

„WEIßT DU, ES ist ein bisschen früh, um wegen eines Gefallens anzurufen", sagte Brock am Telefon.

Es spielte keine Rolle. Trace wollte Antworten. Wenn Marlenas Arschloch von einem Vater verkauft hatte, was er über ihre Arbeit und ihren Aufenthaltsort wusste, dann war dieses Stück Scheiße nach Traces Auffassung fällig. Das zu beweisen erforderte jedoch etwas mehr als nur Annahmen. Hier kam Brock ins Spiel und Trace hoffte, Titan würde einspringen und dem Ruf Ehre machen, von dem er so viel gehört hatte.

„Jemand bei Titan kann die Verbindung zwischen Brian McCloud und Romatar finden. Die haben die Mittel dafür."

„Vergiss nicht, Trace. *Du* bist Titan. Es gibt kein *die.*"

„Gut, was auch immer. Titan hat die Mittel."

„Ich werde dir keine Geheiminformationen geben, damit du dir im Alleingang den alten Herrn deines Mädchens schnappen kannst. Auf keinen Fall."

„Ich habe nicht gesagt, dass das mein Plan ist."

Brock schnaufte. „Also, was ist dein Plan, Junge?"

Nun, das war der Plan gewesen. Wie er es machen würde, wusste er nicht genau. Aber es schien logisch. Der ganze Zorn, der durch sein System strömte, ließ es richtig erscheinen.

„Trace? Verdammt noch mal. Ich habe dich nicht hierherge-bracht, um …"

„Wie wäre es damit als Plan…"

„Fünf Sekunden, um deinen Standpunkt zu erläutern."

„Ich stelle die Verbindung zu Romatar her und kümmere mich um ihren alten Herrn, ohne den Scheißkerl zu töten. Irgendwo dort draußen ist eine biologische Waffe, deren Schwanz im Wind flattert. Jede Agentur in den USA muss hinter ihr her sein. Ich finde sie. Ich bringe sie zurück. Titan und Delta bekommen von Onkel Sam einen weiteren goldenen Stern."

Brock kicherte. „Ich bin mir nicht sicher, ob wir hinter goldenen Sternen her sind."

„Gib mir die Informationen und die Freigabe." Er holte tief Luft. „Schau, wenn ich schon das mit Michael nicht geradebiegen kann, lass mich wenigstens diesem Mädchen helfen."

„Also so ist das, was?"

„Ja, Kumpel. So ist das."

„Ich hätte in einer Million Jahren nicht gedacht, dass du derjenige im Team bist, der sowas abzieht."

Trace ging im Flur auf und ab. „Ich habe gehört, dass du ein Mädchen zu Hause hast."

„Ja. Ich habe *eine Frau* zu Hause. Aber ich bin ein Jahrzehnt älter als du."

Tja, Scheiße. Sie waren an zwei verschiedenen Stationen in ihrem Leben. Brock war älter als er, ein Familienmensch – auf die ‚tätowierte Krieger' Art und Weise.

Brock atmete tief durch. „Aber verdammt. Ich habe sie auch gleich nach der Uni getroffen. Alter, das ist eine harte Linie, die du da durchziehst, wenn es das ist was du willst. Und du kennst sie nicht."

„Ich weiß alles, was ich über sie wissen muss."

Der Teamleiter lachte heftig. „Ja, und was ist das?"

„Sie ist die einzige, die meine Dämonen zähmen kann."

Die Leitung blieb stumm. Schließlich seufzte Brock. „Ich schicke dir, was du brauchst. Wenn es eine Verbindung zwischen McCloud und Romatar gibt, bringst du ihn nicht um. Wenn du Informationen zu dieser gestohlenen Waffe findest, nehme ich den großen, glänzenden Stern entgegen."

Erleichterung überkam ihn. „Danke, Mann."

„Danke mir nicht zu früh. Wenn die Gerüchteküche stimmt, wirst du dir noch wünschen, du hättest nicht danach gefragt."

Die Leitung wurde unterbrochen, und er lehnte sich an die Wand. Ein besitzergreifendes Feuer schürte ihn von innen. Als er sich umdrehte, lehnte Marlena am Türrahmen des Schlafzimmers.

„Was hast du geplant?", fragte sie.

„Ich werde alles in Ordnung bringen."

„Du meinst, wir werden zusammen alles in Ordnung bringen? Weil ich es satthabe, mich umzudrehen und davon zu laufen."

„Du bist verrückt."

„Nein." Sie schüttelte den Kopf. „Ich rede wie du."

Das war bedenklich, denn er fühlte sich meistens verrückt. Nur wenn er bei ihr war, war das anders. „Mar – "

Das Lächeln in ihrem Gesicht sagte, dass sie nicht nachgeben würde. „Trace."

„Wirst du es mir überlassen mich um dich zu kümmern? Um diese Sache hier?"

Ihre roten Haare schwangen, als sie den Kopf schüttelte. „Ich habe mich mein ganzes Leben auf diesem Moment vorbereitet. Ihm zu sagen, was ich denke. Ihm zu sagen wohin er sich scheren kann."

„Also gut, Aschenputtel. Zieh dich an und lass uns deinem alten Herrn einen Besuch abstatten."

MARLENA BRAUCHTE EIN paar Minuten, um sich genau an den Weg zu Brians neuem Haus zu erinnern. Aber sie erkannte das auffällige Auto in der Einfahrt und wusste, dass ihre halbherzigen Anweisungen richtig gewesen waren. Sie schaute ein dutzend Mal über ihre Schulter und sah niemanden.

Trace lachte. „Keine Sorge, sie sind direkt hinter mir."

„Ich mache mir keine Sorgen. Nur..." Sie biss sich auf die

Lippe. „Das ist der richtige Schritt. Oder?"

„Wenn der Kerl nichts falsch gemacht hat, wird dies nur ein beschissener Tag für ihn. Angesichts dessen, was ich über ihn weiß, ist es mir egal, ob er einen beschissenen Tag hat."

Und hier war Brians großes, neues Haus. „Fahre hier heran."

Trace bog in die Einfahrt ein und parkte. „Porsche? Was ist er vorher gefahren?"

„Einen Rosteimer von Jeep."

„Nettes Upgrade." Er nickte zum Haus. „Du bist nicht in so einem Haus aufgewachsen?"

Sie schnaubte lachend. „Im Leben nicht. Lass uns Hallo sagen."

Ein breites Grinsen zierte Traces Gesicht. „Mit Vergnügen."

Die Haustür öffnete sich und da stand Brian. Er sah aus wie ein Wiesel. Darüber hinaus sah er schuldbewusst und besorgt aus, als sein Blick von ihr zu Trace wanderte.

„Brian, das ist Trace."

Ihr Freund schlenderte hinüber, schüttelte Brians Hand, bis er sich wand, und sagte: „Ja. Das bin ich. Wir haben etwas Geschäftliches zu besprechen. Aber – " Er ließ los und Brian atmete sichtlich auf und schüttelte seine Hand aus. „Zuerst hat Marlena dir ein paar Dinge zu sagen."

Brian hörte auf, seine Hand zu schütteln. Ein Lachen glitt über seine Lippen. „Ich verstehe. Dann kommt rein. Das wird sicher toll."

Frust kitzelte ihren Verstand. Es wäre so einfach zu schreien und zu weinen. Den Bastard in den Hintern zu treten und die Jahre des aufgestauten Schmerzes rauszulassen. Stattdessen straffte sie ihre Schultern. „Das wird es. Vertrau mir."

Sie gingen durch die Haustür ins Wohnzimmer. Dort standen neue Stühle und eine Couch und Kaufhaustaschen voller Dinge, die Brian sich nicht leisten können sollte.

„Marlena." Er setzte sich auf die Couch und lehnte sich zurück. Er zeigte auf Trace und dann auf sie, wobei Herablassung von seinem selbstgefälligen Gesicht tropfte. „Ich dachte du hättest einen richtigen Mann getroffen. Aber ich habe mich geirrt. Genau wie ich immer gesagt habe, du kannst nichts richtigmachen."

Die Spannung, die von Trace ausging, war spürbar, nur Brian schien es nicht zu bemerken. Sie nahm Traces Hand und lächelte. „Sobald ich auch nur komisch seufze, wird er dich wahrscheinlich töten. Sei vorsichtig, Brian."

„Papa", spottete Brian.

„Hab dich noch nie so genannt und ich werde jetzt nicht damit anfangen." Sie holte tief Luft. Es war ein Schuss ins Blaue. Aber ihr Bauchgefühl sagte ihr, dass er sie an Romatar verkauft hatte und dass das der Grund war, warum sie hier auf einer schicken Couch saßen. Sie hatte nur ihren Instinkt als Anhaltspunkt und Brians Neigung, sie auszusaugen. „Ich weiß, was du getan hast."

Brians schmieriges Lächeln wurde breiter. „Und, was habe ich denn getan, Mäuschen?"

Mäuschen? Magensäure stieg in ihr auf. „Du wusstest woran ich arbeite. Ich habe dir zu viel erzählt und du hast diese Informationen verkauft."

„Im Leben nicht. Aber ich habe immer gesagt, dein Job würde dich umbringen. Zweimal knapp entkommen. Das bestätigt meinen Standpunkt."

„Du hast mir das angetan. Deshalb das neue Auto und das neue Haus."

„Nee." Brian schüttelte den Kopf. „Alles legitime Geschäfte."

„Quatsch! Du kannst nicht mal einen Job behalten. Ich habe dich mein ganzes Leben lang unterstützt." Auch wenn sie das nicht wollte, er bestahl sie. Oder hatte Geld abgezweigt, alles gestohlen, was ihre Mutter ihr hinterlassen hatte oder was sie der Bank als Minderjährige törichterweise anvertraut hatte.

Brian kicherte. „Du hast deinen alten Herrn nicht gerade gut unterstützt." Er stand auf und wandte seine Aufmerksamkeit Trace zu. „Wenn du eine Frau suchst, die auch nur einen Cent wert ist, würde ich weitersuchen."

Es geschah, bevor sie darüber entscheiden konnte, ob sie nein sagen wollte. Trace schlug Brian und sandte ihn zusammengekrümmt auf die Couch. Aber als sie ihren Vater, dieses Arschloch, auf seinem Hintern sah, vor Trace zurückweichend … das war es, was sie gewollt hatte. Vergeltung. Abrechnung. Auch wenn sie nicht beweisen konnte, dass er derjenige war, der Romatar einen Tipp gegeben hatte, hatte er sie jahrelang über den Tisch gezogen. „Danke, Schatz."

Trace lachte. „Kein Problem, Liebling."

Sie ging zu Brian hinüber. „So sieht es aus. Ich hätte getötet werden können. Du profitierst von etwas, dass andere umbringen wird. Es ist falsch. Und selbst wenn ich dich verletzen möchte, wäre das nicht das Schlimmste, was passieren könnte."

Brian wischte sich den Mund ab und verschmierte einen Tropfen Blut. „Sondern?"

Die Verachtung in seinen Worten ließ sie ihre Fäuste ballen und Trace kopieren. Aber ihr neu gewonnenes Selbstbewusstsein schüttelte das ab. „Das…"

Sie trat zu Trace. Er nickte und ging an sein Handy. „Kommt rein, Jungs."

Die Tür ging auf. Bewaffnete Agenten der Homeland Security marschierten hinein. Sie trugen volle Kampfausrüstung, gemäß Traces Wunsch, obwohl sie Brian nur zur Befragung vorladen wollten. Der Ausdruck auf dem Gesicht ihres Vaters war Gold wert – hundertprozentig pures *Oh-mein-Gott*.

Marlena nickte den Agenten zu. „Ich bin vielleicht nicht das, wovon du geträumt hast, Brian. Aber du warst auch nicht so, wie ein Vater sein sollte. Und tschüss."

Die Männer hatten ihn aufgerichtet, in Handschellen gelegt und zerrten ihn ohne große Probleme zur Tür. Brians schockiertes Gesicht verwandelte sich in Wut.

„Dafür wirst du bezahlen, du kleine Fotze."

Trace legte den Arm um sie. Es dauerte nur ein paar Sekunden, bis sie alleine in dem riesigen Haus waren. „Glaubst du, ich habe das zu sehr genossen?"

„Was jetzt, deinen Vater zum Verhör wegen des Verkaufes von nationalen Sicherheitsgeheimnissen und dem Riskieren deines Lebens abführen lassen? Ich glaube nicht, dass du es genug genossen hast."

Sie seufzte in ihn hinein. „So, und was nun?"

„Jetzt gehe ich los und suche die Waffe, die du gebaut hast." Eine Grimasse huschte über sein Gesicht.

„Warum siehst du krank aus?"

„Nicht krank..." Sein Telefon klingelte. Nachdem er geantwortet hatte, wandte er sich ab und hörte zu. „Hooyah."

Trace steckte sein Handy mit einem leeren Blick ein.

„Was war das denn?"

Ein Lächeln huschte über die grimmigen Züge seines Gesichts. „Projekt Aschenputtel."

„Wie bitte?"

Er lachte, aber sein Herz war nicht bei der Sache. „Ich habe einen Namen für den Job vorgeschlagen."

„Meine biologische Waffe? Die Romatar verkaufen wird?"

„Bestätigt, hübsches Mädchen."

„Versuche mir keinen Honig ums Maul zu schmieren, wenn ich denke, dass du mir etwas verheimlichst."

Ein halbes Grinsen huschte über sein Gesicht. „Ich werde ein paar Tage weg sein."

„Wohin?"

Trace seufzte. „Zurück in die Hölle. Wo Michael getötet wurde."

Wow, diese Waffe war um die ganze Welt gereist. Südamerika, USA, Mittlerer Osten? Ihr Magen senkte sich bei dem Gedanken, dass Trace bald fortgehen würde, aber ... er wollte es. „Ich dachte du wolltest wieder dort rüber."

„Das wollte ich. Aber nicht unbedingt auf diese Art und Weise."

„Welche Art und Weise ist das?" fragte sie.

Er legte einen Arm um sie und sie gingen zur Haustür. „Die einzig Wahre, um durch dieses Tor der Hölle zu gehen – mit meinem SEAL-Team und dem Offizier, der mich im Knast sehen will."

KAPITEL NEUNZEHN

ANGRIFFE VON AUFSTÄNDISCHEN waren an dieser bestimmten Ecke des Khyber-Passes eine Selbstverständlichkeit. Es war eine der ältesten Routen der Menschheit mit einer Geschichte des jahrhundertelangen Blutvergießens, die das belegte. Michael war zusammen mit anderen Mitgliedern seines SEAL-Teams auf einem Transportjob ums Leben gekommen. Sie waren nicht im Einsatz gewesen. Sie hatten keine Zelle ins Visier genommen. Zumindest nicht zu diesem Zeitpunkt. Sie taten eine der grundlegendsten Hilfeleistungen für die Nomadenstämme in der Gegend: Sie halfen den NATO-Streitkräften, Lebensmittel zu verteilen.

Allein der Gedanke daran ließ Zorn in Traces Brust aufblühen. Er kannte das Land und wusste genau, wo Michaels gepanzertes Fahrzeug in die Luft gesprengt worden war. Das Traurigste daran war, dass er dort war, um eine Geste guten Willens zu zeigen.

Trace konnte kaum schlucken, als sie sich der unmarkierten Stelle näherten. Nomaden hatten das Fahrzeug auseinandergenommen und er war immer noch nicht darüber hinweggekommen. Trace würde nie verstehen, warum sie plündern und die Erkennungsmarken von den Leichen entfernen mussten.

Aber auf dieser Route, an diesem Tag war keine Geste des guten Willens geplant – nichts, was besagte: „Hier ist ein Ölzweig." Nein, heute hatten sie die Waffe aufgespürt, die Romatar an einen pakistanischen Militanten verkauft hatte, der nach Afghanistan einmarschierte. Heute war der Tag, an dem sie die von Marlena entworfene Waffe mit nach Hause nahmen und keiner ihrer

Streitkräfte würde Schaden zugefügt. So wahr Gott ihm helfe, niemand sonst, den er kannte, würde an diesem Ort sterben.

„Reeves", knurrte sein Kommandant in seiner Hörmuschel. „Es gibt kein *Ich* im Team, Arschloch. Du folgst dem Auftrag; du tust was dir gesagt wird. Verstanden, Soldat?"

Er sah die vertrauten Gesichter der Männer, die glaubten, dass er sie aufgegeben hatte. „Verstanden."

Niemand hatte etwas gesagt, als er im Hubschrauber eingeflogen wurde. Kein „Hey, hallo, wo zum Teufel warst du?" Nichts – und das tat weh. Aber scheiß drauf; er hatte es verdient, dass das Team ihm den Mittelfinger als *fick-dich, willkommen-zurück* Geste bot.

In seiner Hörmuschel hörte er, wie der Angriff startete. „Scout, haben wir Bestätigung?"

„Bestätigt."

Sie lagen versteckt in den felsigen Klippen auf beiden Seiten der Straße verteilt. Wenn das pakistanische Fahrzeug vorbeifuhr, würden sie es abfangen. Sie würden das Fahrzeug erst durch Scharfschützenfeuer anhalten und dann von allen Seiten ausschwärmen. Es war nicht abzusehen, wie empfindlich die Waffe war, und alle fühlten sich unbehaglich.

„Ein halber Kilometer. Zwei Fahrzeuge. Vier feindliche Zielpersonen, bewaffnet im vorderen Lastwagen. Das zweite Fahrzeug ist ein geschlossener LKW. Keine Angabe zur Personenzahl."

Die Zeit verging. Die grelle Sonne war hinter die Klippen geschmolzen und setzte die Männer einem beißenden, kalten Winden aus.

„Fünfzig Meter."

Trace konnte die Lastwagen hören. Das Geräusch von Motoren, die in der dunklen Nacht die Straße entlang röhrten, hallte in seinen Ohren wider.

„Drei, zwei, eins."

Zwei Scharfschützen zerschossen die Fahrzeugreifen. Das

Bodenteam trat in Aktion. Sie trafen die Feinde, überwältigten die Fahrer, entwaffneten die Terroristen und beseitigten die Gefahren. Trace knurrte sich durch das Geschehen und kämpfte sich durch, auf der Suche nach der Waffe. Betete, dass die Terroristen sie hatten –

Eine Hand packte seine kaum verheilte Schulter, und heißer Schmerz schoss durch seinen Arm und wirbelte ihn herum. Nahkampf war nicht das, was er erwartet hatte, aber das war in Ordnung. Schlag für Schlag kämpfte Trace und musste nach seiner Waffe greifen, um es zu beenden. Sie stürzten über eine Felskante. Sein Angreifer hielt sich fest, und sie rollten den schwarzen Abgrund hinunter und landeten auf scharfkantigen Felsen, um sie herum knirschte Sand. Er holte Luft und konzentrierte sich auf seinen Angreifer. Ein Messer funkelte im Mondlicht, als der Mann es auf Traces Brust richtete.

„Heute nicht, Scheißkerl." Mit einer raschen Bewegung seines Armes fiel das Messer zu Boden und Trace schlang seinen Arm um den Hals des Mannes, drehte kurz und ließ die Leiche fallen. „Danke fürs Mitmachen."

Er beugte sich vor, atmete schwer, schluckte den Dreck und das Blut in seinem Mund herunter und fragte sich, wie weit nach unten er gefallen war. Operation Aschenputtel spielte sich in seinem Kopfhörer ab.

Und dann bemerkte er eine winzige Hütte, die ein Dutzend Meter tiefer lag. Das Innere des schäbigen Gebäudes wurde von schwachem Kerzenlicht erhellt, und leises Klopfen und Klirren erklang im Wind. Seine Augen blinzelten. Mondschein und Sterne spiegelten sich in etwas, das sich im Wind wiegte. Trace wurde davon angezogen und rutschte weiter nach unten, während das SEAL-Team, das er im Stich gelassen hatte, den Kampf oben beendete.

„Reeves, melden."

Er trat näher an die Hütte heran, ohne ein verdammtes Wort zu sagen.

„Verdammt, Reeves. Wenn du nicht tot bist, dann Gnade dir Gott." brüllte sein Kommandant in den Kopfhörer.

Den Kerl zu ignorieren war nicht der richtige Schachzug. Ehemalige Teamkollegen meldeten sich und berichteten, was ihrer Meinung nach passiert war. „Er ist über die Klippe gegangen."

„Reeves war in einen Nahkampf verwickelt."

„Wo zum Teufel ist Reeves?"

Aufrufe an ihn, sich zu melden wurden ignoriert. *Verdammt noch mal.* Er ließ sie wieder hängen, aber etwas an dieser Hütte zog ihn an.

Er atmete tief durch. „Reeves hier. Am Leben." Er war sich sicher, dass sie das nicht besonders interessierte. „Ich bin in zwei Minuten oben."

Aber er ging weiter runter. Auf der Vorderseite der Hütte waren Cola-Dosen und Teile von Panzerfahrzeugen wie Traumfänger auf Lamettadraht aufgereiht. Endlich vor der Hütte hielt Trace eine Hand an seiner Waffe und klopfte mit der anderen an, unfähig sich zurückzuhalten. Zwei Jungen – wahrscheinlich Teenager, aber so unterernährt, dass er es nicht beurteilen konnte – öffneten die Tür mit ihren eigenen verrosteten Waffen, die auf ihn gerichtet waren.

Er hatte in diesem Teil des Landes mit seinem SEAL-Team genug von den lokalen Stammessprachen gelernt, um sich verständigen zu können. In gebrochenen Sätzen erklärte er, dass er nichts Böses wolle, dass er bei den US Special Forces war und ob er sich ihre Dekorationen ansehen könne?

Die Kinder ließen ihre Waffen nicht sinken, aber erhellten mit ihrem Kerzenlicht die Traumfänger, die an der Tür und an den Fenstern hingen. Erkennungsmarken baumelten neben zerbrochenem Scheinwerferglas und Metallscherben. Trace konnte nicht anders. Er holte seine Taschenlampe heraus und fuhr mit den Fingern darüber. Amerikanische Militäridentifikationen hingen da und auch solche aus anderen Ländern. Seine Finger berührten sie, und er wandte sich den Jungen zu und zeigte auf die Marken, die um die Hütte herumhingen. „Die brauche ich."

Ohne auf eine Antwort zu warten, nahm er mit der Taschenlampe im Mund die aufwändigen Entwürfe auseinander und las sie, während er sie in eine Tasche packte.

Reeves, Michael A.

Sein Herz blieb stehen und er konnte nichts mehr lesen. Er brauchte die restlichen identifizierenden Details nicht lesen, um es zu wissen. Schauer liefen ihm über den Rücken und Tränen stiegen ihm in die Augen.

Als ob die Jungen in der Hütte Bescheid wussten, nickten sie und traten, ihre Waffen immer noch erhoben, wieder zurück in die Hütte, während er das Metall an seine Brust drückte. Mit einem tiefen Atemzug wickelte er es um seine Faust, löschte das Licht der Taschenlampe und setzte seine Nachtsichtbrille wieder auf. Er stieg die Felsen und Kanten hinauf, bis er das Team fand, das auf ihn wartete.

Sie mussten ihn mit den Jungen in ihren Kopfhörern sprechen gehört haben und sie standen alle da und beobachteten ihn. Keiner gab einen Laut von sich. Niemand trat vor, weil sie seinem Arsch wahrscheinlich nicht trauten. Aber er hob seine Faust, Michaels Marke in der Hand kaum sichtbar, und einer nach dem anderen fiel in ein „Hooyah" ein, und die Männer klopften ihm auf den Rücken. Ein kurzes Wort von ihrem Kommandanten, und sie zogen als Einheit zum Treffpunkt für die Heli-Abholung.

„Reeves", bellte sein Kommandant.

Man konnte nie ahnen, was der Typ sagen würde. Er hatte zweifellos das Schlimmste verdient. „Sir."

Es herrschte lange Stille, und dann nickte sein Kommandant mit dem Kopf. „Gut gemacht, mein Junge."

Alles rund um die Operation Aschenputtel war damit erledigt.

KAPITEL ZWANZIG

Drei Semester später

TRACE STAND AUF und starrte in die Leere. Es war Stunden her, seit Delta wieder auf US-amerikanischem Boden gelandet war. Er musste los, denn er hatte Dinge zu erledigen – *wichtige* Dinge, die anstanden – heute. Aber er konnte nicht. Nicht bis er nach Arlington gefahren war und in dem Meer weißer Grabsteine gestanden hatte.

Sein Hals war zugeschnürt, seine Augen verschwommen. Gott, er war nicht wieder hier gewesen seit … nun, es war zu lange her. Der Friedhof war nicht der Ort, an dem er seinen Bruder gefühlt hatte, und bis heute hatte er nicht das Bedürfnis verspürt, hier herzukommen.

„Ich denke, du hättest sie gemocht, Bruder." Er kniff die Augen an Michaels Grab zusammen. „Cooles Mädel und alles, aber sie ist eine richtig Gute."

Das Flüstern einer Brise kitzelte seine Haut. Er war eine gute Autostunde von Marlenas Campus entfernt, und er hätte schon unterwegs sein sollen, aber es war noch nicht soweit. Stattdessen setzte er sich ins Gras und machte ein Bier auf.

„Das mit ihr… ich brauche sie. Sie macht alles besser. Macht das mit dir besser. Und seit du weg bist – " *Verdammte, verschwommene Augen.* „Ohne dich vergeht die Zeit langsamer, außer wenn sie da ist. Und wenn sie da ist, kann ich atmen."

Nach ein paar langsamen Schlucken schaute er in den Himmel. „Sie ist meine Familie, die einzige, die ich habe. Komisch, ich bin auch ihre. Und sie würde mich nicht für verrückt halten, weil ich mit einem Grabstein rede."

Trace stand auf. „Nun, ich denke, wenn du dort oben bist, kennst du vielleicht meinen nächsten Schritt schon. Aber ich wollte es trotzdem mit dir besprechen. Ich liebe dich, Mann." Er sah auf seine Uhr. „Es ist Zeit. Nun, eigentlich ist die Zeit schon vorbei. Sieht so aus, als würde ich mich verspäten. Drück mir die Daumen."

„MARLENA MCCLOUD." DIE Stimme der Ansagerin hallte über die Lautsprechanlage wider, während sie vortrat. „Abschluss mit Auszeichnung für einen kombinierten Bachelor- und Master-Abschluss in Biotechnik."

Sie ging über die Bühne, nahm ihr Diplom entgegen und schüttelte dem Dekan der Ingenieurfakultät die Hand. „Herzlichen Glückwunsch."

Als sie von der Bühne trat, überflog ihr Blick die Menge ... Trace! Er hatte geschworen, dass er zurück sein würde, bevor sie ihren Abschluss machte. Sie hatte keine Ahnung, wo er gewesen war, aber er hatte ihr ein Versprechen gegeben und es gehalten. Selbst wenn er im Gang *stand*, eine Militärhose und ein dunkles T-Shirt trug, er war da. Während ihre Mutter vom Himmel herabblickte – stolz, da war Marlena sich sicher – und ihr Vater definitiv über ihre Erfolge in einer Gefängniszelle murrte, war Trace die einzige Person, die da war, um ihren Abschluss zu feiern. Der Typ hatte sie noch nie im Stich gelassen.

Anstatt der Klassenkameradin vor sich zu folgen, sprang sie aus der Reihe und lief direkt auf Trace zu. „Hallo, Baby."

„Hey."

Sie hatte die Erkennungsmarken seines Bruders in der Tasche. Trace hatte geschworen, dass sie sein wertvollster Besitz waren und dass sie sie als Glücksbringer an ihrem großen Tag bei sich tragen sollte.

Voller Selbstvertrauen hielt sie ihr Diplom hoch und sagte: „Das beweist, dass ich eine ganz Schlaue bin."

„Das wusste ich schon." Er küsste ihre Lippen und verursachte Schmetterlinge in ihrem Bauch, wie immer, wenn er sie festhielt. „Aber, wenn jemand einen Beweis bräuchte, würde ich sagen, dass der Job als Berater fürs Militär förmlich ‚schön und klug' schreit."

„Nichts an diesem Job sagt „schön"."

Er lachte gegen ihre Lippen. „Gut, dass du mich hast, damit ich dich daran erinnern kann."

Sie küsste ihn erneut. „Wie war die Arbeit? Wann bist du zurückgekommen?"

„Ich bin erst seit Kurzem zurück. Ich musste noch mit jemandem reden." Er zuckte die Achseln und presste sie an seine Seite. „Der Auftrag war aufregender als diese Abschlussfeier. Lass uns irgendwo hingehen."

„Wohin gehen wir?" Sie machten sich auf den Weg nach draußen und sie legte die schwarze Robe und Hut ab und warf sie in die Miet-Rückgabe Box als sie durch die Tür gingen.

„Es spielt keine Rolle."

Die Sonne strahlte über ihnen. Auf dem Schulgelände tummelten sich Eltern und Gäste. Sie und Trace gingen über die Wiese, auf der das Kino im Grünen vor mehr als einem Jahr stattgefunden hatte.

„Vergiss die hier nicht." Sie nahm Michaels Erkennungsmarken und drückte sie in seine Hand. „Ich würde sterben, wenn ich sie verlieren würde."

Er ergriff ihre Hand und schloss die Marken in ihren Griff ein. „Nein, du würdest sie nicht verlieren."

„Ich weiß, aber trotzdem."

„Aber trotzdem, so ein Quatsch." Er schwang sie herum, so dass sie vor ihm stand und lächelte mehr als sonst. „Ich tausche mit dir."

„Ha. Als ob es irgendetwas Wichtigeres auf der Welt gäbe, als diese Marken."

„Wie wäre es hiermit …" Er zog eine schwarze Schachtel aus seiner Tasche. „Versuch es nochmal, Aschenputtel."

Was zum… Das war eine Ringschachtel. „Willst du mich veräppeln?"

Trace schüttelte den Kopf. „Was denkst du?"

„Was ich denke? Ich denke, du bist verrückt."

„Das wusstest du doch schon." Sein Lachen wärmte sie von innen heraus.

„Dann denke ich, dass du…"

„Dass ich was? In dich verliebt bin? Meinen Platz, meine Ruhe in dir gefunden habe? Weil das alles wahr ist. Ich habe mich selbst verloren und mich gefunden, alles wegen dir, Mar. Ich habe sonst niemanden. Ich will niemand anderen. Aber du, du verstehst mich. Ich verstehe dich. Wir sind verrückt im Kopf und wir gleichen uns perfekt aus."

„Und das ist okay." Sie nickte, weil es stimmte, das beschrieb sie genau und es war richtig so. „Glaubst du, wir haben eine Chance auf ‚für immer'?"

Er zog sie in eine Umarmung. „Ich weiß es. Du hast mich gerettet und nichts kann uns umhauen. Glaubst du, dass du mit einem Delta Schattenmann zurechtkommst?"

„Oh ja." Sie schmiegte sich an seine Brust und schlang ihre Arme um seinen Hals bevor er ihre Aufmerksamkeit wieder auf die Schachtel lenken konnte.

„Gut." Trace küsste sie. „Weil es niemanden auf der Welt gibt, der dich so lieben kann wie ich."

„Das stimmt." Sie küsste ihn still und umarmte ihn fest. „Hooyah."

EPILOG

Drei Jahre später

MARLENA BETRACHTETE DIE Frau, die ihr in dem alten Kosmetikspiegel entgegensah. Ihr Selbstvertrauen war offensichtlich und das hatte nichts mit der sorgfältig festgesprühten Hochsteckfrisur oder dem perfekten Make-up zu tun. Nichts an ihrem äußeren Erscheinungsbild erklärte, warum sie so strahlte, auch wenn das Makramee Spitzenkleid, das in sanften Falten auf bis auf den Boden fiel, einfach wundervoll *war*. Mit dem Schleier platziert und den Gästen, die sich in der Nähe versammelten, war dies besser als jeder Hochzeitstag, den sie sich ausmalen konnte.

Vorsichtig strich sie über ihren kurzen Schleier und befestigte die Perlenohrringe, die Brocks Frau Sarah ihr geliehen hatte, an beiden Ohren und starrte die komplizierte Frau an, die sie zu lieben und akzeptieren gelernt hatte. Die Hochzeit mit Trace hatte lange auf sich warten lassen, aber nun war der richtige Zeitpunkt. Sie waren erwachsen geworden und tiefer in ihrer Liebe verwurzelt.

Ein Klopfen ertönte an der Tür und es knackte leicht, als vorsichtige, schwere Schritte über den alten Holzboden traten.

„Warte!" Sie sprang auf und strich mit den Händen über ihr enges Oberteil. „Javier! Er ist nicht bei dir?"

„Natürlich nicht." Javiers spielerischer Ausdruck stockte und seine Augen wurden weicher. *„Marlena, que lindeza.* Wunderschön für deinen großen Tag."

„Spar dir deinen Akzent für den Empfang." Sie wehrte sein Kompliment ab, lächelte aber immer noch.

Er nahm ihre wedelnde Hand in seine und legte seine andere Hand darauf. „Ich meine es ernst. Eine solche Schönheit, Mar. Wenn er nicht schon der glücklichste Mann wäre, den ich je gesehen habe…" Er tätschelte ihre Hand. „Du wirst Trace umhauen."

Sie verdrehte die Augen, als Javier ihre Hand fallen ließ. „Der Trauzeuge ist dafür verantwortlich, nette Dinge zur Braut zu sagen."

„Du willst nicht wissen, wofür ich sonst noch so zuständig bin." Er zwinkerte. „War nur ein Scherz. Nur Spaß."

Marlena schürzte die Lippen. „Ist alles in Ordnung?"

Javier zog einen antiken Stuhl von der Wand heran, zog seine Smoking Jacke aus und warf sie über die Lehne, während er sich setzte. Sie hielt den Atem an und fragte sich, ob der alte Stuhl zu Dekorationszwecken gedacht war und dem großen, muskulösen Brasilianer standhalten konnte.

Er zog an seinen Hemdsärmeln, als er den Stuhl auf die Hinterbeine kippte, bevor er ihn abstellte. Javier war eigentlich keiner, der nervös zappelte.

Eine Sorge schlich sich in ihren Hinterkopf. „Du machst es dir bequem."

„Stimmt." Er winkte mit der Hand zu ihrem Schminktisch. „Setz dich."

Oh Mann. Jetzt wollte er, dass *sie* es sich bequem machte. Nervenflattern war heute zu erwarten, in der Regel aber nicht wegen Gesprächen mit Freunden. Ihr Kleid glitt über den alten Boden, als sie zögernd Platz nahm. „Heraus mit der Sprache."

„Es tut mir leid." Er verzog das Gesicht, ein Auge schloss sich teilweise und das andere richtete sich auf sie, als müsse er sie beobachten.

„Was tut dir leid?" Ihre Gedanken rasten zu der Junggesellenparty, die Javier organisiert hatte. Trace würde niemals etwas Unangemessenes tun. Selbst wenn das Delta-Team wild und verrückt war, er würde es nicht tun. Und sie würden sie nicht so geringschätzen. Aber Javiers ungewöhnlich blasses Gesicht ließ sie innehalten. „Javier?"

Er wischte die Grimasse weg und lächelte ungewollt sexy. „Kannst du mir nicht ohne weitere Fragen vergeben und wir vergessen es einfach?"

Sie kicherte. „Das hättest du wohl gern, du heißer Typ."

„Ich habe sogar mein bestes Benehmen und meinen ganzen Charme eingesetzt." Er schürzte die Lippen zur Seite und konnte sein Lachen nicht mehr verbergen.

„Ich bin immun gegen den Javier-Effekt." Genau wie sie es auch bei Ryder war. Ihr Akzent machte sie nicht an. Ebenso wenig wie ihr gutes Aussehen. Dasselbe könnte man vom Rest der Welt sagen, und das Delta-Team wusste es. Ihre Besorgnis verwandelte sich in Irritation und sie drohte ihm mit ihrem manikürten Finger.

Sein Kiefer wurde schlaff, aber in seinen Augen lachte die Wahrheit. „Der Javier – Effekt? Das geht ein bisschen weit, *parceira*."

Marlena quittierte sein Portugiesisch mit einem Seitenblick durch den Rand ihres kurzen Schleiers. „Du merkst es nicht mal, wenn du Mädchen gaga und lala machst."

„Gaga?" Seine Augenbraue hob sich. „Lala?"

„Ja. Gaga, lala." Sie äffte seine künstliche Unschuld nach und hob eine Augenbraue.

„Hartes Publikum."

Sie lachte und wies auf das Offensichtliche hin. „Es ist mein Hochzeitstag."

„Und ich darf hinzufügen, dass du eine schöne Braut abgibst."

„*Danke*, aber ich heirate in fünfzehn Minuten und *es tut dir leid*." Marlena wollte ihm die Wörter aus der Nase ziehen. „*Was tut dir leid?*"

Er verzog das Gesicht, als hätte er gerade sein Timing bemerkt. „Du weißt, dass ich dich liebe."

Aufsteigende Tränen prickelten in ihren Augenwinkeln. Entweder würde er ihr etwas Liebes oder Schockierendes sagen und bis zu diesem Zeitpunkt war sie absichtlich allein, gesammelt und gefasst gewesen. „Javier." Marlena faltete die Hände und hob das Kinn, als ob eine bessere Haltung überzeugender wäre. „Ich habe kein Problem damit, dir an meinem Hochzeitstag, in meinem Kleid in deinen Straßenkämpferarsch zu treten, wenn du mein Make-up mit einer einzigen Träne ruinierst."

„Du und Trace seid ein Traumpaar", grinste Javier kopfschüttelnd. „Na gut. Halte dich fest."

„Mich haut schon nichts um."

„Als Trace dich kennenlernte, habe ich ihm gesagt, er sollte, ähm, keine Zeit mit dir verbringen."

„Wirklich?" Marlena wusste nicht, ob sie ihn schütteln oder schlagen sollte, weil es ihr egal war. Vielleicht hätte es sie vor ein paar Jahren gestört, aber nicht heute. „Keine große Sache."

Er rutschte unbehaglich auf dem Stuhl herum, der unter seiner Masse knarrte. „Ich könnte nicht Trauzeuge bei deiner Hochzeit sein, wohl wissend, dass ich auch das Stück Scheiße war, das nicht von Anfang an auf deiner Seite war."

Marlena blinzelte. Sie konnte nicht weinen, also kicherte sie. Zuerst ein kleines Lachen, aber dann war der Ansturm von Erleichterung und Belustigung so groß, dass sie ihn nicht mehr kontrollieren konnte. Das Delta-Team war so verdammt stark, mit ihren Muskeln und ihren Geheimoperationen. Sie waren in jeder erdenklichen Weise Helden. Aber wenn es darauf ankam, hatten sie alle dasselbe Geheimnis. Sie hatten Herzen.

Er verschränkte seine Arme vor der Brust. „Du lachst?"

Sie versuchte vergeblich, ihr Lachen zu unterdrücken. „Das war es, was du mir sagen musstest?"

„Ich bin froh zu sehen, dass meine Sorgen begründet waren." Er rollte seine Lippen ein, bis das rosa Fleisch von dem Druck fast weiß wurde.

Sie tupfte ihre Augen ab und holte endlich Luft. „Ich weiß, du versuchst nicht zu lachen."

„Ich hatte vorgeschlagen, dass er locker mit dir abhängt, bis er genug von dir hat."

Sie richtete sich auf. „Ich schätze, ich hatte Durchhaltevermögen."

„Du bist nicht sauer auf mich?" Er presste die Finger zusammen. „Nicht mal *um puoco*?"

„Nur, dafür, dass du mich *an meinem Hochzeitstag* so beunruhigst. Meinst du nicht, wir hätten uns vielleicht auch gestern unterhalten können?"

Er warf seine Hände schnell genug hoch, um die dunklen, meist verborgenen Tätowierungen an seinen Handgelenken zu enthüllen, bevor er sein Smoking Hemd glattstrich. „Ich habe daran gedacht. Wirklich, ich schwöre. Aber gestern ging es nur um Logistik. Es ist schlechte Form, von der Missionsplanung abzuweichen."

Marlenas Augenbraue hob sich. „Eine Hochzeitsprobe ist keine Missionsplanung."

Er zuckte die Achseln und zeigte ein Grinsen. „Ich bin letzte Nacht etwas von der Rolle gewesen … Das Timing schien nicht zu passen."

Sie kicherte erneut, aber ihr Herz schwoll an. Er war nicht nur der Trauzeuge. Javier würde sie auch zum Altar führen.

Sie hatten beide beschissene Väter – obwohl sie seine Geschichte weinen ließ. Dass jemand das überleben konnte, was er durchgemacht hatte, und ein anständiger Mensch dabei herauskam, war ein Wunder, und Javier war weit mehr als anständig, aber sie war sich nicht sicher, ob er das wusste oder nicht.

Javier schob sich von dem armen, antiken Stuhl und ging in dem kleinen Raum auf und ab, in dem sie sich umgezogen hatte. Marlena wünschte, sie könnte ihm sagen, wie fürsorglich er war. Sie war sich nicht sicher, ob er wusste, dass er mehr als nur ein Krieger war.

„Das Timing spielt keine Rolle", sagte sie. „Danke, dass du es mir gesagt hast."

Er blieb stehen, drehte sich um und steckte die Hände in die Taschen. „Hier. Das ist mein Geschenk für dich."

Marlena griff nach ihrem Spitzenrock und trat näher, als er einen kleinen Samtbeutel in die Hand nahm. Sie nahm ihn vorsichtig und schob ein herzförmiges Schmuckstück von der Größe ihres Daumens heraus. Es war offensichtlich von Hand aus einem dunklen Holz geschnitzt und poliert, bis die Kanten ihre harten, geschnitzten Ecken behielten, aber dennoch glänzten. „Das ist wundervoll."

Seine Lippen pressten sich flach zusammen. „Es ist was es ist."

„Und was ist es, Javier?"

Seine Lippen pressten nach unten. „Gute Frage."

„Du hast immer gute Antworten." Marlena fuhr mit den Fingern über die scharfen Kanten. Die gezackte Textur des Herzens glättete sich unter ihrer Berührung und sie zeichnete die asymmetrischen Seiten nach. Vielleicht war das ein weiterer Grund, warum sie das Geschenk so liebte. Seine Mängel machten es zu etwas Besonderem. „Hast du das gemacht?"

„Ich bin vor ein paar Monaten nach Hause geflogen", sagte er leise.

Die Zeiten, von denen sie wusste, dass Javier nach Brasilien gegangen war, waren nicht gut gewesen. „Es tut mir leid. Ist etwas dabei herausgekommen?"

Er nickte ihr zu. „Das."

Ihr Blick senkte sich. Woher war das Holz gekommen? Was für Schrecken hatte es gesehen, und hatte er es deshalb in etwas so Schönes verwandelt? Sie würde wahrscheinlich nie danach fragen, vor allem, weil sie nicht stark genug war, um die Erinnerungen zu kennen, mit denen er jeden Tag lebte.

Stattdessen würde sie Trace fragen, was Javier für ihn gemacht hatte, und sie würde ihn jetzt umarmen, egal ob er wusste, dass er es brauchte oder nicht.

„Vielen Dank." Marlena umarmte Javier fester als es ihnen

beiden recht war, aber es war ihr egal. Einige Leute verdienten Liebe. Auch wenn ihnen nicht klar war, wie sehr sie es verdienten. „Du bedeutest uns die Welt."

Javiers schneller Druck verschaffte ihm Befreiung. Er drehte sich um und griff nach seiner Smoking Jacke und zog sie an. „Bist du soweit? Ein Delta-Mann wartet auf dich. Er ist der Beste der Besten." „Sind sie das nicht alle?" Marlena nahm seinen Arm und atmete tief durch, selbstbewusst mit jedem Schritt, egal was die Zukunft ihr brachte.

DIE AUTORIN

Cristin Harber ist eine New York Times- und USA Today-Bestseller-Autorin. Sie schreibt sexy Liebesromane in den Genres Romantic Thrill und Military Romance, in denen es auch mal heiß hergehen kann. Ihre Titan-Serie schaffte es in den USA auf Platz eins der Amazon-Bestsellerliste.

Auf Deutsch erschienen sind:

Buch 1: WINTERS – EIN HEISSER EINSATZ
Buch 2: GARRISON – SCHUSS INS HERZ
Buch 3: WESTIN – JAGD AUF LIEBE
Buch 4: EIN TÖDLICHES SPIEL
Buch 5: VERFOLGT
Buch 6: VERGELTUNG

Mehr Informationen zur Autorin, zur Titan-Serie und Neuigkeiten finden Sie auf www.CristinHarber.de.

Cristin Harbers Bücher auf Englisch:

The Titan Series:

Book 1: Winters Heat
Book 1.5: Sweet Girl
Book 2: Garrison's Creed
Book 3: Westin's Chase
Book 4: Gambled and Chased
Book 5: Savage Secrets
Book 6: Hart Attack
Book 7: Sweet One
Book 8: Black Dawn
Book 9: Live Wire
Book 10: Bishop's Queen
Book 11: Locke and Key
Book 12: Jax
Book 13: Deja Vu

The Delta Series:

Book 1: Delta: Retribution
Book 2: Delta: Rescue*
Book 3: Delta: Revenge
Book 4: Delta: Redemption
Book 5: Delta: Ricochet
*The Delta Novella in Liliana Hart's MacKenzie Family Collection

The Only Series:
Book 1: Only for Him
Book 2: Only for Her
Book 3: Only for Us
Book 4: Only Forever

The ACES Series:
Book 1: The Savior
Book 2: The Protector

Each Titan, Delta, and Aces book can be read as a standalone (except for Sweet Girl), but readers will likely best enjoy the series in order. The Only series must be read in order.